AF191468

Christine Erdiç

Oma Frieda

rockt

das Altersheim

Kontakt E-Mail: indiansummer_61@hotmail.com
Webseite: https://christineerdic.jimdofree.com/
Satz und Layout: © Christine Erdiç
BuchumschlagGestaltung: © Christine Erdiç
CoverGestaltung: © Christine Erdiç
CoverFoto: KI generiert
Illustrationen. Pixabay

ISBN: 9783758329876

Herstellung und Verlag:
BoD – Books on Demand, Norderstedt
www.bod.de

Die Personen und Handlungen in dieser Geschichte
sind frei erfunden. Ähnlichkeiten mit lebenden oder
verstorbenen Personen sind rein zufällig und nicht
beabsichtigt.

1

Es begann alles an einem nebelverhange-
nen Montagnachmittag, und schuld war
eine Teflonpfanne. Sicher werdet Ihr Euch
nun fragen, woran eine Pfanne denn bitte
schön schuld sein soll.

Oma Frieda hatte sich ein leckeres Süpp-
chen gekocht, zwei randvolle Teller davon
leergelöffelt und war dann mit einem zu-
friedenen Rülpser auf dem Sofa in der
Stube eingeschlafen. Einige Zeit später
wurde sie von beißendem Geruch und dem
Gekreische ihres Papageis, der auf der
obersten Stange im Käfig thronte, aus einem unvergesslich schönen Traum gerissen. Missmutig öffnete sie das linke Auge
und sah statt Niagara Fällen - Rauch-
schwaden. Der Qualm kam direkt aus der
Küche, wie sie entsetzt feststellte. Reingehen? Nein! Das könnte lebensgefährlich
sein! Wie war doch gleich die Nummer der
Feuerwehr? Unschlüssig hielt sie den Tele-
fonhörer in der Hand. Der Vogel schlug
wild mit den Flügeln. Ach was!
Keuchend und nach Atem ringend riss sie
die Wohnungstür auf und klingelte bei

dem netten jungen Studenten gegenüber. Zum Glück öffnete der sofort und wusste auch gleich, was Sache ist. Die betagte Nachbarin beruhigen und Hilfe rufen waren eins.

Die Feuerwehr stellte später fest, dass der Brand wohl von einer Teflonpfanne, die sich im Backofen befand, ausgelöst worden war. Anscheinend hatte Oma Frieda beim Kochen versehentlich den Backofen gleich mit eingeschaltet. Der Schaden begrenzte sich glücklicherweise auf die Küche, da der kleine Schwelbrand rasch gelöscht war.

„Du kannst hier nicht mehr alleine wohnen bleiben", stellte Tochter Iris klar. „Das Risiko ist zu groß. Du hättest mit dieser Aktion das ganze Haus abfackeln können."

„Dann muss ich wohl in den sauren Apfel beißen und zu euch ziehen", seufzte Oma Frieda.

„Wie stellst du dir das vor? Jochen und ich sind voll berufstätig. Und Alex geht immer noch zur Uni. Du wärst den ganzen Tag alleine. Ich will nicht, dass du bei uns auch so einen Schaden anrichtest!"

Der Einwand des Enkels: „Das Haus ist doch groß genug! Oma kann das Arbeitszimmer neben mir bekommen, ich nehme den PC einfach mit zu mir auf die Bude", trug keine Früchte. Oma Frieda wanderte ins Altersheim.

„Und was wird nun aus Lora?", protestierte sie.

Lora war ein farbenprächtiger handzahmer Papagei, und die alte Dame mit der noch immer vollen, aber inzwischen grauen Haarmähne hing sehr an ihm.

„Du kannst sie auf keinen Fall mitnehmen, das Heim duldet keine Tiere."

In Iris Stimme war keinerlei Mitgefühl.

„Ich kümmere mich schon um den Vogel", versprach Alex. „Du kannst ihn ja auch jederzeit bei uns besuchen."

„Das ist ja hier wie im Knast", stellte Oma Frieda kurz darauf trocken fest, nachdem sie die Hausordnung des Heims gelesen hatte. „Wer isst denn bitteschön um halb 12 zu Mittag?"

Skeptisch beäugte sie ihr recht geräumiges Zimmer im ersten Stock. Ein Bett, ein Nachttisch, ein Schrank, ein mickeriger

Sessel - für ihre Begriffe ziemlich dürftig eingerichtet.

Aber vor dem offenen Fenster wehten bunte Gardinen und gaben den Blick auf einen wundervollen Park frei. Die Luft war mild, Vögel sangen in den Bäumen und kündigten den nahenden Frühling an.

Das würde also von nun an ihr neues Zuhause sein. Immerhin ein luftiges Einzelzimmer. Seufzend packte sie die beiden Koffer aus, die Alex ihr freundlicherweise aufs Zimmer gebracht hatte.

Die Staffelei würde folgen, ebenso Bücher, diverse Gegenstände, Bilder und natürlich allerlei Malutensilien.

Ein großes helles Zimmer, das war ihre Bedingung gewesen. Ihr Blick wanderte in die Ecke neben dem Schrank, und ein Lächeln huschte über ihr Gesicht. Ja, das musste doch gehen! Entschlossen ging sie zur Tür und drückte die Klinke herunter.

„Alex, wärst du so lieb, mir Lora samt Käfig, Zubehör und Futter hier her zu bringen?"

Der Enkel baute gerade die Staffelei auf. Stirnrunzelnd sah er auf.

„Oma, das geht doch nicht!"

„Oh doch, das habe ich gestern schon mit der Heimleitung geklärt. Gegen ein Vögelchen haben sie nichts einzuwenden."

Alex grinste.

Ob die wohl wussten, was das für ein Vögelchen war? Sicherlich erwarteten die einen Wellensittich und keinen Ara. Nun, das sollte nicht sein Problem sein.

„Ich bringe sie dir, Oma", schmunzelte er vergnügt.

Oma Frieda hatte ihrem neuen Zimmer bereits ihren Stempel aufgedrückt. Masken aus ihrer Zeit in den Tropen und farbenfrohe Gemälde schmückten die Wände. Eine Buschtrommel und ein Didgeridoo vervollkommneten das Bild.

„Schade, dass Mama nicht will, dass du bei uns einziehst!"

Das meinte Alex ganz ehrlich. Er bewunderte seine Großmutter. Die war auch mit 76 noch voller Tatendrang und besaß Unternehmungsgeist - und ganz sicher gehörte sie nicht in ein Altersheim abgeschoben. Nebst ihrem außergewöhnlichen Tatendrang hatte sie ihm auch das volle blonde Haar vererbt, das er am liebsten als Pferdeschwanz trug. Seine Mutter, die die dunklen Haare ihres Erzeugers besaß, hatte spät geheiratet und verbrachte genau wie sein Vater ihr langweiliges Dasein in einem Büro hinter dem Schreibtisch. Alex war der ewige Student in ihren Augen, doch ihm graute vor einem Leben, das dem seiner Eltern glich. Vielleicht sollte er sein Medizinstudium endlich abschließen und sich weit weg ins Ausland absetzen. Es wurde Zeit, sich abzunabeln.

„Alex, ich brauche noch einen Diwan, der Sessel ist das reinste Foltergerät, da bekomme ich ja Schwielen am Hintern! Und ein Bücherregal muss auch her", wurde er aus seinen Gedanken gerissen.

„Ich besorge dir alles", versicherte er. „Und nun erzähl mir nochmal die Geschichte, als du mit dem Boot auf dem Amazonas gefahren bist und den wilden Indianerstamm entdeckt hast."

2

Für Oma Frieda war es alles andere als einfach, sich im Seniorenheim einzugewöhnen. Schuld daran war nicht nur ihr etwas eigenwilliger Charakter, nein, sie gehörte noch lange nicht zum alten Eisen und fühlte sich nun quasi auf dem Abstellgleis wie ein ausrangierter Zug.

Mit viel Überredungskraft hatte Iris sie hierhin abgeschoben. Da Friedas Rente sicherlich nicht ausreichte, konnte sie sich denken, dass ihre Tochter ein schönes Sümmchen zu ihrem Aufenthalt beisteuerte.

Missmutig rührte sie in ihrer Kaffeetasse.

„Nicht mal einen Cappuccino gibt es zum Frühstück", murrte sie. „Und das Ei ist völlig verkocht. Damit kann man jemandem den Kopf einschlagen."

Frieda mochte ihre Eier gerne weich.

„Schmeckt es Ihnen nicht?" Die Dame gegenüber nickte freundlich herüber.

„Es geht, mir fehlen mein Cappu und mein Aufschnitt und - ach einfach alles!"

„Ja, das kann ich schon verstehen, aber nach einer Weile gewöhnt man sich daran", kam die ermutigende Antwort. „Sie sind ja hier auch noch neu. Kommen Sie doch heute Abend einfach mal in die Spielerunde. Ich bin übrigens Irmgard."

„Spielen Sie Skat?" Jetzt war Oma Friedas Interesse geweckt.

Doch die Freude währte nicht lange, denn die Tischnachbarin schüttelte bedauernd den Kopf. „Nein, wir machen meist Brettspiele und manchmal Kartenspiele wie Bridge oder Mau Mau."

Frieda, die keine Lust auf „Mensch ärgere dich nicht" und „Halma" hatte, lehnte dankend ab.

„Vielleicht ein anderes Mal."

Zurück auf ihrem Zimmer stellte sie fest, dass jemand das Fenster angekippt hatte.

Das war ein Schreck in der Morgenstunde! Lora war es gewohnt, auf dem Käfig zu thronen und alles von oben herab zu betrachten. Die Tür der recht großen Voliere mit den Kletterstangen aus echten Ästen stand meist offen, damit der Vogel sich nicht so eingeengt fühlte. Es war schon schlimm genug, dass seine Flügel gestutzt waren. Doch jetzt war der Papagei nirgends zu entdecken. Oma Frieda schwante Schreckliches.

„Lora, Lora, komm", lockte sie. Von draußen kam das Echo: „Lora, komm Vögelchen, komm!"

Frieda erstarrte.

Da - auf einem dicken Ast des mächtigen Lindenbaums, der seine Zweige bis ans Fenster ausbreitete, saß das vermisste Tier und putzte sich seelenruhig sein Gefieder. Frieda streckte den Arm aus, doch alles Locken nützte nichts. Die Papageiendame schaute sie aus klugen Augen an, bevor sie sich gelangweilt umdrehte.

„Ich weiß, Lorchen, du findest es hier im Zimmer auch öde. Aber du hast jetzt einen schönen Ausflug gemacht, nun komm bitte wieder rein!"

Lorchen dachte gar nicht daran. Ihr rotes Gefieder verschwand hinter lindgrünem Blätterwerk.

Nun mag manch einer vielleicht denken, das Tier stamme aus einem exotischen Gebiet im Amazonas, da Oma Frieda ja viel dort herumgereist war - und hatte einfach seinem Freiheitsdrang nachgegeben beim Anblick des Baumes. Aber das stimmte so nicht ganz. Der Papagei hatte eines Tages völlig durchnässt vor Friedas Balkontür gesessen. Er war vom nahegelegenen Tierschutzverein getürmt, wie sich nach einigem Forschen herausstellte, und schloss Oma Frieda sofort ins Herz. Die Zuneigung beruhte auf Gegenseitigkeit, und so erwarb Frieda das Tier gegen eine kleine Schutzgebühr. Ihre gemütliche und geräumige Wohnung bot Platz genug für eine große Voliere. Oma Frieda seufzte. Ach, das schöne alte Haus, ach, die guten alten Zeiten! Es lag jetzt etwa 15 Jahre zurück, dass der Vogel bei ihr Einzug gehalten hatte.

Mit einem besorgten Blick nach draußen, wo im Baum grad noch eine wippende Schwanzfeder zu sehen war, griff sie zum Handy.

Die Feuerwehr oder den Tierschutzverein anrufen? Nein, womöglich nahmen die ihr Lora einfach weg! Entschlossen tippte sie die Zahlen ein.

„Alex, du musst sofort herkommen!"

Nach einer halben Stunde hatte sie den Vogel wieder. Breit grinsend kletterte ihr

Neffe mit dem Papageien auf der Schulter durch das Fenster.

„Hoffentlich hat mich keiner gesehen. Oma, du kannst den Vogel nicht mehr frei im Zimmer herumturnen lassen. Selbst wenn er nicht fliegen kann, ist er doch ein guter Kletterer."

„Junge, wie stellst du dir das vor? Mich habt ihr hier eingesperrt, und nun soll ich Lorchen auch einsperren?"

„Wenn das jemand mitbekommt, nehmen sie dir Lora weg. Von wegen artgerechte Haltung und so weiter."

„Meinst du, ich kann sie mit in den Speisesaal nehmen?"

Lora legte den Kopf schief, sagte „Quack" und hackte Oma Frieda ins Ohr.

„Autsch!"

„Da hast du die Antwort", lachte Alex.

„Reich mir doch mal ein Pflaster, es scheint zu bluten."

„Nur ganz leicht, aber es tut bestimmt weh. Ich könnte veranlassen, dass eine Art Fliegengitter vor dem Fenster angebracht wird, ein besonders stabiles. Trotzdem würde ich Lora an deiner Stelle lieber in die Voliere sperren, bevor ich das Zimmer verlasse. Sie hat einen ziemlich kräftigen Schnabel."

Er desinfizierte die kleine Wunde mit einem Spray und brachte dann ein Pflaster an.

„So, ich muss wieder los." Schmunzelnd beobachtete er den Vogel, der vergnügt auf seinem Eigenheim thronte, als sei nichts gewesen.

„Ich bin schon auf euren nächsten Streich gespannt!"

3

Es klopfte energisch an der Tür. Mit einem besorgten Blick auf Lora öffnete Frieda die Tür.

„Kommen Sie rein, schnell!"

Verwundert schaute die leicht übergewichtige Frau mit dem wirren grauen Haar sich um.

„Oh, Sie haben einen Papagei!", entfuhr es ihr.

Beschwörend legte Oma Frieda den Finger auf ihre Lippen.

„Ja, einen Ara", wisperte sie.

„Ist das denn erlaubt?"

Die Besucherin runzelte die Stirn, was ihr das Aussehen eines verhutzelten Zwergs gab.

„Ach, entschuldigen Sie, ich habe mich ja gar nicht vorgestellt. Ich bin Ilse Lehmann und bewohne das Zimmer nebenan."

„Angenehm, ich heiße Frieda Pirelli, und das dort ist Lora."

Ilse nahm vorsichtig auf dem Sessel Platz und ließ dabei den Vogel nicht aus den Augen, während Frieda es sich auf dem Diwan bequem machte.

„Der Papagei ist ganz legal - und keine Angst, auf oder unter dem Sessel befindet sich kein Nagetier", schmunzelte sie.

„Ich wollte nur mal schauen, wer hier jetzt wohnt, nachdem Frau Häuser so plötzlich in ihrem Bett verstorben ist."

Frieda schüttelte sich. Jemand hatte erst vor kurzem in diesem Zimmer seinen Löffel abgegeben, würde Alex sagen.

„Komm mal her", schrie der Papagei plötzlich, der für seine Verhältnisse schon viel zu lange den Schnabel gehalten hatte.

Die Besucherin zuckte merklich zusammen.

„Hallo Nora", sagte sie vorsichtig.

Der Vogel legte den Kopf schief und drehte ihr dann den gefiederten Rücken zu.

„Sie heißt Lora, und nun ist sie wahrscheinlich beleidigt", lachte Frieda.

Dann bot sie der Nachbarin Mozartkugeln und ein Gläschen Mozart-Likör an.

„Ich stehe auf Mozart, müssen Sie wissen."

Ilse sah ein wenig irritiert auf die Staffelei mit dem angefangenen Portrait von Alex.

„Ein Geschenk für meinen Enkel, der hat bald Geburtstag", erklärte ihre Gastgeberin.

„Ich habe eine Enkeltochter, aber die besucht mich nur alle Jahre wieder, wenn Sie verstehen, was ich meine. Sie heißt übrigens auch Laura wie Ihr Papagei."

„Lora", berichtigte Oma Frieda.

„Ach ja, richtig. Musizieren Sie auch? Ich meine wegen Ihrem Hang zu Mozart."

„Führen Sie mich nicht in Versuchung. Ich kann nicht eine Note richtig treffen, und wenn ich anfange zu singen, kommt bestimmt die Feuerwehr."

Nun hat nicht jeder den gleichen Humor, und so sah Frau Lehmann sie nur verständnislos an.

„Ich denke, ich muss jetzt langsam wieder rüber. Es gibt ja schon bald Abendbrot. Danke für Pralinen und Likör."

Plötzlich hatte sie es eilig. An der Tür drehte sie sich aber doch noch einmal um.

„Tschüss Kora!"

4

„Mutter, wir müssen sprechen." Iris sah sich kurz im Zimmer um. „Hübsch hast du es hier. Ich denke, das macht es dir leichter, dich einzuleben."

Der Papagei kreischte und schlug wild mit den Flügeln. Er mochte Iris nicht, und das beruhte auf Gegenseitigkeit.

„Oh, dieses Federvieh! Du hast es tatsächlich geschafft, es zu behalten. Aber gut, so haben wir den Ara wenigstens nicht im Haus."

„Bist du gekommen, um Lora zu beschimpfen? Und was das Eingewöhnen anbelangt: Das kannst du vergessen! Ich komme bald schon wieder raus!"

„Wo willst du denn hin? In deinen Gemächern kannst du nicht mehr alleine hausen. Das weißt du ja. Wegen der Wohnung bin ich übrigens gekommen. Du wirst sie verkaufen müssen, um die Heimkosten zu decken."

„Pustekuchen", Oma Frieda stemmte beide Arme in die Hüften. „Wer hat mich denn hierhergebracht? Nichts wird verkauft! Die Wohnung ist längst auf Alex überschrieben. Allerdings mit Klausel. Er bekommt sie erst, sobald er sein Studium abgeschlossen hat!"

„Du hast WAS?!"

Lora tänzelte nervös hin und her und gab zischende Laute von sich. Zu gerne würde sie der unliebsamen Besucherin mit der schrillen Stimme mal kräftig in die Wange hacken, auch wenn diese alles andere als appetitlich aussah.

„Wenn er das Studium abgeschlossen hat?!" Iris lachte höhnisch. „Darauf kannst du lange warten. Das wirst DU nicht mehr erleben."

„Interessant, wie wenig du deinem Sohn zutraust."

„Und wenn er keinen Abschluss macht?"

Iris hatte den Blick gesenkt, doch ihre Mutter hatte das Glitzern darin noch gesehen. *Du falsche Schlange*, dachte sie.

Laut sagte sie jedoch: „Ja, dann sieht es natürlich nicht so rosig aus ..."

„Das heißt?"

„Das heißt, dass er dann wohl oder übel bis zu seinem 30. Geburtstag warten muss. Das habe ich alles bereits festgelegt. Und zwar bevor ich in das Heim kam.

Ja, Töchterchen, nun musst du wohl in den sauren Apfel beißen und meinen Aufenthalt zahlen. Aber keine Bange, dies ist noch nicht meine Endstation. Lieber miete ich mir eine Dauerkabine auf einem Kreuzfahrtschiff als in diesem Heim zu versauern."

„Ich werde natürlich bei der ganzen Sache völlig übergangen, obwohl ICH deine Tochter bin." War da ein bitterer Unterton in der Stimme? Frieda schmunzelte.

„Iris, soweit ich weiß bist du doch bestens versorgt mit Ehemann und Haus. Missgönnst du deinem eigenen Sohn die alte Wohnung?"

„Jochen? Ach, Mutter, wenn du wüsstest!" Das klang nun wirklich verbittert. Hallo? Sollte ihr Schwiegersohn etwa auf Abwegen wandeln? Frieda konnte es sich nicht vorstellen, andererseits aber auch nicht verdenken bei dieser gefühlskalten Frau.

Mit schlechter Laune verließ Iris forschen Schrittes das Zimmer ihrer Mutter.

Energisch drückte sie auf den Fahrstuhlknopf. Wie lange das wieder dauerte! Also doch lieber die Treppe. Dass sie dabei auf der vorletzten Stufe mit ihren Stöckelschuhen umknickte und sich den Knöchel verstauchte, gab ihr moralisch gesehen den Rest.

„Kind", hörte sie ihre Mutter in Gedanken sagen, „wie kann man nur auf solchen Absätzen laufen? Das ist nicht gut für den Rücken - eines Tages wirst du dir noch mal den Hals brechen."

Schnaubend vor Wut humpelte sie zum Parkplatz, setzte sich hinter das Steuer ihres BMW und ärgerte sich während der 30 minütigen Heimfahrt über Raser, zu langsame Sonntagsfahrer und rote Ampeln.

5

Nun war Frieda schon drei ganze Wochen im Heim, und eines Abends betrat sie tatsächlich den Gemeinschaftsraum.

„Frau Pirelli, nein, so eine Überraschung!" Eifrig winkte Irmgard ihr von einem Tisch aus zu. „Möchten Sie nun doch an unserem Mensch ärgere dich nicht Spiel teilnehmen? Schwarz wäre noch frei!"

Skeptisch sah Frieda auf die farbigen Figuren auf dem Spielbrett. Sie waren nicht wie früher aus massivem Holz sondern aus billigem Plastik. Es wäre eine Wonne, sie im Falle des Verlierens auf dem Boden zu zertreten. Ihr Blick wanderte weiter. Aha, da hinten spielten drei Männer Karten.

„Nein, danke, das ist nicht so meins", erwiderte sie und ging weiter.

„Meine Herren, spielen Sie da etwa Skat?"

„Ja, wenn Sie das Spiel beherrschen, wäre Herbert erlöst. Er hasst Skat, aber uns fehlt immer der dritte Mann. Gestatten Rainer, und das dort ist Thomas."

„Angenehm, ich bin Frieda, und ich löse Herbert gerne ab."

Die Karten wurden verteilt.

„Thomas, wasch dir mal die Hände", feixte der Neuzugang.

Was dann kam verblüffte sämtliche Herren am Tisch, die schon dachten, sie hätten ein leichtes Spiel gegen eine ahnungslose Frau. So ließ man ihr beim Reizen dann auch galant den Vortritt. Als erstes gewann Oma Frieda eine von ihr angesagte Nullrunde.

„Mensch, Rainer, wieso hast du denn mit DEN Karten nicht höher gereizt?"

Thomas sah seinen Freund verärgert an.

„Ich konnte ja mit meinem Käseblatt nichts anfangen."

„Das Käseblatt hast du dir aber selbst gegeben", konterte Rainer.

Beim zweiten Spiel legte sie einen Grand Ouvert auf den Tisch, da sie - oh welches Glück - gleich alle vier Buben auf der Hand hatte.

„Aber jetzt", frohlockte Thomas.

Diesmal war Fortuna ihm hold, er war sich ganz sicher. Doch Frieda reizte höher und gewann auch diese Runde mit der Farbe Kreuz, die mehr zählte als die Herzkarten, von denen der arme Thomas eine ganze Flöte hatte, was besonders ärgerlich war, da sie auch noch heimlich um Geld spielten.

„Drei Runden im Alleingang, alle Achtung", brummte er und warf missmutig seine Karten auf den Tisch.

„Das geht doch mit dem Teufel zu", meuterte Rainer.

„Beleidige nicht sein Bodenpersonal", warnte Oma trocken. „Was ist, spielen wir weiter?"

Aber die Herren der Schöpfung hatten vorerst genug.

„Na, dann morgen um die gleiche Zeit?"

So kam es, dass Frieda fortan nach dem Abendbrot einer lukrativen Nebentätigkeit frönte und stolz ihre Gewinne einstrich. Schließlich spielte sie von Kindesbeinen an Skat. Zuerst mit dem Großvater und seinen Kumpanen, dann mit Vater und Onkel und schließlich mit ihrer besten Freundin und deren Erzeuger. Oma Frieda stellte zufrieden fest, dass man auch im Heim aus allem das Beste machen konnte.

Dazu zählte natürlich auch die Idee von Ulrike, einer recht munteren Rentnerin mit feuerrot gefärbtem Haar, eine Band zu gründen. Die Genehmigung war schnell eingeholt, und Frieda war begeistert. Natürlich würde sie kräftig mitmischen! Die Probestunden fanden immer montags und donnerstags um 16 Uhr statt, also direkt nach dem Kaffeetrinken.

Nun wissen wir ja alle inzwischen, dass Oma Frieda nicht gerade musikalisch ist. Beim Vorsingen hielt Ulrike sich lachend die Ohren zu.

„Kack in einen Strumpf und wirf ihn die Treppe runter, das klingt besser."

„Das habe ich mir als Kind auch schon immer anhören müssen!" Frieda stemmte beide Arme auf ihre Hüften. „Und was nun? Ich will aber mitmachen!"

„Du könntest vielleicht Flöte spielen", überlegte die hilfsbereite Erika mit ihrer Ziehharmonika.

„Bloß nicht! Das war das Folterinstrument meiner Schulzeit! Außer quietschenden Tönen und Spucke kam da nichts bei raus!"

Klavier und Gitarre standen erfahrungsgemäß auch nicht zur Debatte. Und plötzlich dann die Erleuchtung!

„Ich habe aber ein Didgeridoo sowie eine Buschtrommel im Sortiment."

Strahlend schleppte sie die Instrumente herbei. Ulrike betrachtete skeptisch das kunstvoll bemalte röhrenförmige Instrument.

„Hast du denn da drauf schon mal gespielt?"

„Nööö, das ist zu anstrengend, da braucht man richtig Puste."

Also blieb nur die Trommel, auf der Oma Frieda dumpfe Töne erzeugte, allerdings willkürlich und keinesfalls im Takt der Melodie.

„Ich habe eben meinen ganz eigenen Rhythmus", erklärte sie.

Zu Friedas Verwunderung machte auch Herbert mit, er konnte leidenschaftlich geigen. Man stellte kleine Stücke zusammen. Ulrike saß am Klavier und gab den Ton an.

„Wir sind die Rentnerband", lachte sie ausgelassen.

„Das geht nicht", sagte Frieda. „Eine Band mit dem Namen gibt es schon. Wir müssen uns was anderes einfallen lassen."

Irmgard, die die Gesangseinlagen übernommen hatte - bereits in ihrer Jugend schmetterte sie angeblich wie eine Nachtigall - kam schließlich eine zündende Idee.

„Die rustikalen Fünf!"

Ulrike runzelte die Stirn. „Dann dürfen wir aber keinen mehr weiter aufnehmen."

„Die rustikalen Brecheisen", warf Frieda ein.

Gelächter erschallte.

„Wir sind doch keine Rockerband!"

„Schade eigentlich", das sagte Frieda.

„Aber rustikal ist gut."

„Die rustikalen Stimmungskanonen", der Vorschlag stammte von Herbert und wurde einstimmig angenommen.

So erhielt die Band ihren Namen.

„Gut", sagte Ulrike. „Wir werden also zweimal die Woche üben, und jeden dritten Samstag im Monat geben wir ein kleines Konzert hier im Heim."

6

Der Sonntag war stets ein Festtag für Frieda, denn dann holte Alex seine Großmutter ab und führte sie zum Essen aus. So auch heute. Der Enkel hatte sich etwas ganz Besonderes ausgedacht und fuhr mit ihr in ein kleines gediegenes Waldrestaurant. Gemütlich saßen sie bei Hirschgulasch mit Preiselbeeren und Rotwein als Alex seine Bombe platzen ließ.

„Oma, halt dich fest: Ich mache gerade ein Aufbaustudium in Tropenmedizin mit Austauschjahr in Brasilien. Mein Ziel ist es, dort Fuß zu fassen und an den Amazonas zu gehen. Im ganzen Land fehlen Ärzte und medizinisches Personal."

Frieda fiel das Stück Fleisch, das sie gerade zum Mund führte, auf halbem Weg von der Gabel.

Entgeistert starrte sie ihren Enkelsohn an.

„Ja, musst du da nicht bereits ein abgeschlossenes Studium der Medizin vorweisen?"

„Ich habe letztes Jahr meine Approbation als Kinderarzt gemacht."

Friedas Augen weiteten sich, als wolle sie mit ihnen den Rest des Hirsches auf ihrem Teller verschlingen.

Dann prustete sie los: „Du bist mir ja einer! Da beknien dich deine Eltern monatelang, doch endlich dein Studium abzuschließen, und du - du hast dein Diplom schon längst in der Tasche!"

Alex stimmte in das herzhafte Lachen ein.

„Ach, die müssen nicht alles wissen. Sie sehen mich sicher schon als Oberarzt hier in der Stadtklinik. Mit der richtigen Menge an Vitamin B, du kennst doch meinen Vater …"

Frieda verstand ihn nur zu gut. Der Junge wollte lieber seinen eigenen Weg gehen.

„Du hast mir so viel von deinen Reisen erzählt, von den Indios am Amazonas, da hat mich eben das Fernweh gepackt!"

„Großartig! Wann geht es denn los?"

Ein wenig Wehmut mischte sich in ihre Stimme. Sie würde ihn ganz bestimmt schrecklich vermissen.

„Na, das dauert noch ein wenig, vorerst bleibe ich dir erhalten, zumindest in diesem Jahr. Und wenn ich in Sao Paulo bin, wirst du mich doch besuchen kommen, oder?"

„Aber natürlich, Junge, das lasse ich mir bestimmt nicht nehmen." Schwärmerisch blickte sie aus dem Fenster. „Der Tropenwald, er ist so ganz anders als der mitteleuropäische Laubwald, die bunten Vögel, die schillernden Insekten, der zarte Gesang des Regenwaldes ..." Dann durchfuhr sie ein Schreck. „Meinst du, die lassen mich überhaupt aus meinem Gefängnis raus?"

Schlagartig war ihre gute Laune verflogen. Zudem prangte ein hässlicher Preiselbeerfleck auf ihrer gelben Bluse.

„Entschuldige, Alex, ich muss mal sehen, ob ich den Fleck wieder rauskriege", damit eilte sie Richtung Damentoilette. Doch Obstflecke sind hartnäckig und lassen sich nicht so einfach mit Wasser und Handseife entfernen, ebenso wenig wie düstere Gedanken. Frieda erblickte beim Aufschauen ihr Gesicht im Spiegel und zog eine Grimasse. Dann musste sie lachen. Sie hatte ja noch eine Überraschung für Alex. Der würde Augen machen! Strahlend verließ sie das Bad und umarmte ihren überraschten Enkel herzlich. Sobald sie wieder im Heim waren, wollte sie ihm mitteilen, dass er fortan Besitzer einer alten aber doch recht wertvollen Wohnung war. Oh ja, auch sie konnte noch Bomben zur rechten Zeit platzen lassen.

„Oma, wirklich? Aber das kann ich doch nicht annehmen!" Unschlüssig sah der junge Mann später seine Großmutter an.
„Oh doch, das kannst und musst du sogar. Mit dem Erlös ermöglichst du dir dein Studium in Brasilien oder du kannst dort später sogar mal ein kleines Buschkrankenhaus aufbauen. Nach meinem Tode habe ich nichts mehr von deiner Freude, oder? Außerdem möchte ich, dass du die Wohnung auch wirklich bekommst!"
Alex verstand. Seine Mutter würde jedes Testament anfechten, das nicht zu ihren eigenen Gunsten ausfiel. Lachend schwenkte er seine Großmutter im Kreis.
„Oma, du bist ein Schatz!"
„Ich weiß", lachte die. „Alle erforderlichen Papiere liegen bereits beim Rechtsanwalt, da fehlt nur noch deine Unterschrift. Aber nun lass mich bitte runter,

mir wird ja schon ganz schwindelig. Außerdem muss ich jetzt erstmal googeln, wie man Preiselbeerflecke aus Blusen entfernt."

7

„Manchmal geht die Zeit hier einfach nicht um", seufzte Frieda.

„Du kannst ja nun wirklich nicht klagen", erwiderte Thomas. „Erst gestern hast du uns wieder beim Skat unter den Tisch gespielt und einen fetten Gewinn eingestrichen. Dafür backe ich aber besser als du!" Er grinste boshaft.

Am Tag zuvor nahmen sie an einem Käsekuchen-Back-Wettbewerb teil und obwohl Friedas Gruppe mit Pauken und Trompeten verlor, hatte auch sie einen Mordsspaß bei der Aktion. Erika verwechselte leider versehentlich Salz mit Zucker - und so schön der Kuchen am Ende auch aussah, so grauenvoll schmeckte er. Als es nachmittags ans Probieren ging und die Mitglieder der Jury die Gesichter verzogen und verstohlen in ihre Taschentücher spuckten, erreichte die Heiterkeit ihren Höhepunkt. Unter großem Gelächter wollte nun jeder einmal von dem Salz-Käsekuchen kosten.

Er bekam den ersten Platz - allerdings von hinten. Die Gewinner waren ausgerechnet das Herrentrio Herbert, Thomas und Rainer. Feierlich wurde ihnen eine rotkarierte Kochschürze überreicht. In Gedanken daran lief ein Schmunzeln über Oma Friedas Gesicht.

„Und morgen geben wir unser erstes Konzert! Ich hoffe, ihr seid alle dabei!"
Aufmunternd blickte Oma Frieda in die Runde. Ihre Laune besserte sich zusehends.

„Aber jetzt setze ich mich erstmal ab. Ich muss mal wieder Autoabgase schnuppern."
Ulrikes Interesse war geweckt. „Was hast du denn vor, wenn man fragen darf?"
Frieda zog sie zur Seite und raunte: „Ich gehe jetzt in ein Café, aber ich will nicht, dass ich die ganze Rentnerband nachher im Schlepptau habe."

„Es gibt doch hier um 15 Uhr Kaffee und Kuchen, also in nur knapp zwanzig Minuten", sagte Ulrike mit Blick auf ihre Uhr.
„Oder hast du etwa Angst, dass man dir deinen Käsekuchen vorsetzt?", kicherte sie plötzlich.
„Neee, aber den trockenen Streuselkuchen von vorgestern. Da war noch jede

36

Menge von übrig. Ich will mal wieder ein anständiges Stück Torte essen. Und zwar in meinem alten Schulcafé. Die backen da noch selbst - und es gibt sogar echte Rumkugeln - wie früher, mit Rum drin."

„Ja, wenn das so ist, dann bin ich natürlich dabei!" Noch immer lachend hakte sich Ulrike bei Frieda unter - und so marschierten die beiden los.

„Wow, das ist ja wirklich mal eine gediegene Atmosphäre."

Ulrike staunte nicht schlecht. Zierliche Stühle im Barockstil wechselten sich mit gemütlichen Sofas ab, die mit rotem Samt überzogen waren.

„Gell, nicht wie diese kahlen modernen Fünf-Minuten-Cafés mit den unbequemen Folterstühlen. In manchen muss man den Kaffee sogar im Stehen einnehmen, stell dir das mal vor!"

Oma Frieda sah sich zufrieden um und wählte dann einen Platz nahe dem Fenster in einer Ecke.

„Und hier bist du wirklich als Kind schon hergekommen?"

„Ja, einmal haben wir dafür sogar die Mathestunde geschwänzt. Du kannst dir nicht vorstellen, was wir für Augen machten, als der Mathelehrer mit den drei im Unterricht verbliebenen Klassenkameradinnen durch die Tür trat."

Frieda kicherte vergnügt.

„Oh weh, und was geschah dann?"

„Nun, der Lehrer spendierte den Getreuen Kakao und Torte. Wir mussten unseren Kuchen natürlich alleine zahlen. Eigentlich eine gerechte Strafe. Andererseits wären ja auch die anderen nicht in den Genuss gekommen, wenn wir zum Unterricht gegangen wären", überlegte Frieda laut.

Ulrike stieß ihre Tischnachbarin unter dem Tisch mit dem Fuß an.

„Schau mal, der Typ da drüben schaut schon die ganze Zeit rüber, und jetzt grinst er auch noch."

„Aua", zischte Frieda und drehte dann den Kopf forschend nach links.

„Welch ein Sahnetörtchen", hauchte sie.

„Ja, das denkt der wahrscheinlich auch über dich. Er verschlingt dich ja geradezu mit Haut und Haaren."

Die Bedienung erschien. Ulrike bestellte Kaffee und Nusstorte, Frieda einen Latte Macchiato und Kirschstrudel.

Dann wanderten ihre Blicke verstohlen wieder zu dem Herren zwei Tische weiter. Der war jetzt aber ganz in seine Zeitung vertieft, gut so. Dann konnte sie ihn in Ruhe studieren. Fesch sah er aus mit seinem grau melierten Haar und dem gestutzten Vollbart. Das weiße Hemd stand ihm ausgezeichnet und unterstrich seinen braunen Teint auf eine sehr attraktive Art.

Ulrikes Blicke sprachen Bände. „Hallo, hörst du mir überhaupt noch zu?"

Kaffee und Kuchen wurden serviert und ersparten Frieda, die keine Ahnung hatte, wovon ihre Tischnachbarin gerade gesprochen hatte, eine lästige Antwort. Hastig fuhr sie mit der Gabel in den Kirschstrudel und - stöhnte auf.

„Oh nein, nicht schon wieder!"

Eine Kirsche war direkt auf der zartrosa Bluse gelandet, die nun ein hässlicher Fleck zierte.

„Neulich erst habe ich mir die gelbe Seidenbluse mit Preiselbeeren versaut."

„Vielleicht solltest du lieber auf schwarze Klamotten umstellen", lachte Ulrike.

„Ich sollte …" Frieda hatte sich schon halb erhoben.

Oje, der attraktive Herr hatte seine Zeitung zusammengefaltet und schaute bereits wieder aufmerksam herüber. Freundlich nickte er den Damen zu. Friedas Herz blieb stehen. Keinesfalls konnte sie mit dem Fleck auf der Bluse an ihm vorbei auf das WC. Wahrscheinlich war das Kleidungsstück ohnehin reif für die Tonne.

Dann erhob sich der Fremde, zog eine schwarze Lederjacke über und griff nach einem weißen Helm.

„Ist das etwa ein Motorradhelm?", flüsterte Frieda entgeistert.

„Auf Wiedersehen, meine Damen, lassen Sie es sich schmecken."

Dunkle Augen, ein verschmitztes Lächeln und eine angedeutete Verbeugung. Der vollendete Gentleman.

Ulrike dankte, Frieda brachte natürlich keinen Ton heraus. Das war doch sonst nicht ihre Art. Sie hätte etwas sagen sollen, fragen ob … Nun war es zu spät. Die

Tür fiel ins Schloss, und wenig später hörten sie das Knattern eines Motorrads.

„Wünschen die Damen noch etwas?"

Die Bedienung stand direkt hinter Frieda, die heftig zusammenzuckte.

„Nein, danke", sagte Ulrike. „Nur die Rechnung bitte."

Draußen grinste sie. „Na, das hat ja mächtig gefunkt zwischen euch. Ich dachte schon, er fragt dich nach deiner Handynummer."

„Ich komme mir so richtig dämlich vor, weißt du das?"

„Ach, das ist uns doch allen schon mal passiert!"

„Ehrlich?"

„Nicht wirklich."

Feixend stieß Frieda sie in die Seite.

„Zu dem Kirschfleck kommen nun wohl noch zwei andere hinzu. Einer zwischen den Rippen und der andere am Schienbein. Meinst du, ich sehe ihn wieder?"

„Den Fleck?"

„Nein, den Motorradfahrer."

„Wenn du dir oft genug einen Kirschstrudel genehmigst …"

„Hör bloß auf!" Frieda musste lachen. „Vielleicht ist er ja Stammkunde. Allerdings habe ich ihn da noch nie gesehen. Er scheint jünger zu sein als ich."

„Hast du damit ein Problem?"

„Nicht die Bohne!"

8

„Trari trara, der große Tag ist da!"
Wer bullerte da denn in aller Herrgotts-
frühe schon gegen die Tür?
Verschlafen rieb Oma Frieda sich die Augen und warf gähnend einen Blick auf den
Wecker. Sie hasste die Dinger, aber hier
brauchte sie einen. Frieda war eine Lang-
schläferin, wie sie im Buche steht, und
hätte sonst wohl so manches Mal das Frühstück einfach verpennt.
„Erst 8 Uhr", murmelte sie. „Wer wagt es
..."
Da ging auch schon die Tür auf, und Ulrike
platzte förmlich herein.
„Aus den Federn, du Murmeltier! Weißt du
nicht, welcher Tag heut ist?"
„Samstag", entgegnete Frieda seelenruhig.
„Heute ist doch unser großer Auftritt!"
„Der ist erst am Abend." Frieda ließ sich
zurück ins Kissen sinken.
„Papperlapapp! Um zehn ist Generalpro-
be, und wir müssen vorher noch frühstü-
cken!"

„Genug Zeit, um sich nochmal eine halbe Stunde aufs Ohr zu legen. Mach, dass du rauskommst! Wir sehen uns um neun zum Frühstück."

Bei der Probe lief wider Erwarten alles glatt, hoffentlich klappte das auch am Abend so gut. Bei Erika und Frieda konnte man sich da nie so sicher sein. Die beiden tanzten gerne mal ein wenig aus der Reihe. Wer konnte zu dem Zeitpunkt auch ahnen, dass es ausgerechnet an Irmgard scheitern sollte. Die Arme hatte schon am frühen Morgen ein unangenehmes Kratzen im Hals verspürt, das sich weder mit heißem Kaffee noch mit Tee herunterspülen ließ. Im Laufe des Tages wurde es schlimmer, auch die Lutschtabletten und Schmerzmittel aus der Apotheke halfen nicht viel.
Beim Abendbrot meinte Ulrike besorgt: „Du siehst gar nicht gut aus. Fehlt dir was?"
„Ich hab eher was zu viel. Wird wohl eine Mandelentzündung."

„Komm nach dem Essen auf mein Zimmer", raunte Frieda ihr zu. „Ich hab da ein Mittelchen, das wahre Wunder wirkt."

Das Mittelchen entpuppte sich als Ouzo. Eine Stunde später gingen die beiden beschwingt nach unten in den Saal, wo das Podium bereits aufgebaut war.

„Ja, wo bleibt ihr denn? Gleich kommen die Gäste." Ulrike war offensichtlich ein wenig verärgert. „Hier riecht es ja wie beim Griechen. Habt ihr etwa getrunken?"

Der Raum füllte sich langsam mit Leuten, die auf Stühlen Platz nahmen und sich erwartungsvoll umsahen.

Frieda unterdrückte einen Rülpser und sah ihre Freundin vorwurfsvoll an.

„Nur ganz wenig. Dafür geht es aber Irmgards Hals schon viel besser."

Diese nickte bestätigend. Sie war Alkohol nicht gewohnt, und irgendwie schien der auch nicht gut mit ihren Tabletten zu harmonieren. Aber egal, der Schmerz im Hals hatte tatsächlich ein wenig nachgelassen.

Das erste Stück wurde angestimmt, instrumental. Ohne Gesang und Buschtrommel. Es folgte eine kleine Begrüßungsrede, und alle applaudierten.

Aber dann war Irmgard dran. Ein munteres Volkslied sollte es werden.

„Alle Vögel sind schon da, alle alle …" Die Sängerin stockte und schien zu überlegen.

Aus dem Publikum erschallte Lachen sowie ein Ruf: „Ja, wo sind sie denn nur alle hin die Vögelchen?"

„Die ist doch selber schon alle, jedenfalls nicht mehr ganz da", gluckste es.

Irmgard torkelte ein wenig und stimmte dann in das Lachen mit ein.

Ulrikes Gesicht lief blutrot an. Hastig nahm sie der Sängerin, die jetzt zu allem Überfluss auch noch einen Schluckauf bekam, das Mikrofon aus der Hand.

„Meine Damen und Herren, leider ist unsere Sopranistin heute nicht so auf dem Posten …"

„Das kann man wohl sagen! Stockbesoffen ist die", grölte einer in der ersten Reihe.

Frieda sprang beherzt in die Bresche. Wild schlug sie auf ihre Buschtrommel ein.

„Das Wandern ist des Müllers Lust, das Wahandern", röhrte sie, während die verunglückte Sängerin auf einem Stuhl hinter der Bühne platziert wurde.

„Und schlägt der Arsch auch Falten, wir bleiben doch die Alten", ertönte es vom Podium.

Die Heiterkeit unter den Zuschauern kannte keine Grenzen.

„Zugabe!" Ein alter Herr im karierten Hemd schlug sich vergnügt auf die Schenkel.

Erst als Herbert die Geige schluchzen ließ wurde es wieder ruhig im Saal. Andächtig lauschten die Zuhörer. Daraufhin folgte Erikas Einlage auf der Ziehharmonika, dann das Lied „Afrika", leidlich gesungen von Ulrike, begleitet von Ziehharmonika und Buschtrommel.

Noch einmal verzauberte Herbert mit seiner Geige, diesmal war es ein feuriges Stück aus der ungarischen Puszta.

Sanftes Klavierspiel ließ den Abend ausklingen, und plötzlich waren sich alle einig, dass das Konzert ein voller Erfolg war. Der Beifall wollte kein Ende nehmen. Als der letzte Gast den Raum verlassen hatte, seufzte Ulrike vor Erleichterung laut auf. „Das ist ja doch noch mal gut gegangen."

„Ich denke, das lief richtig toll. Gerade weil es so lustig war!", ereiferte sich Frieda. „So ein trockenes Konzert ist kein Kunststück, aber was wir heute gebracht haben, das hat die Leute richtig mitgerissen."

Ulrike warf einen Blick auf Irmgard, die auf ihrem Stuhl in unbequemer Haltung eingeschlafen war und laute Schnarchtöne von sich gab.

„Trotzdem möchte ich sowas nicht noch mal erleben! Kein Alkohol mehr vor den Auftritten, sonst können wir zukünftig die Genehmigungen für die Konzerte vergessen! Was habt ihr euch nur dabei gedacht! Und jetzt sieh zu, dass die arme Irmgard in ihr Bett kommt!"

Dieses erste Konzert der „rustikalen Stimmungskanonen" war noch lange im Gespräch und sorgte immer wieder für plötzlich ausbrechende Heiterkeit.

Um es kurz zu machen: Man freute sich schon auf den dritten Samstag im nächsten Monat.

9

Frieda saß im roten T-Shirt und Jeans im Café und studierte eifrig die Speisekarte.

„Ich denke, ich nehme heute auch mal die Nusstorte", verkündete sie. „Du hattest damit ja Glück, und falls es bei mir schief geht, dann hinterlassen die Nüsse wenigstens erfahrungsgemäß keine Flecken. Und zum Nachtisch genehmige ich mir eine dieser köstlichen Rumkugeln. Das solltest du auch tun."

„Nein, danke, da wird die ganze Backstube zusammengefegt für deine Rumkugeln", Ulrike schüttelte sich.

„Ach, was, das sind doch Ammenmärchen", konterte Frieda. „Sag mal, meinst du, ich bin zu sportlich angezogen?"

„Wieso das denn? Dein Motorradfahrer war doch auch recht sportlich mit seiner Lederjacke und dem Helm."

„Ja, schon, aber eben auch elegant dabei."

„Auf jeden Fall glänzt dein Galan heute durch Abwesenheit."

Es hatte Frieda einiges an Überredungs-kunst gekostet, ihre Freundin mit her zu kriegen.

„Ohne mich hast du größere Chancen, dass er dich anspricht", meinte sie.

„Frau Pirelli, dann erzählen Sie mir doch mal, wie Sie zu Ihrem exotischen Namen gekommen sind", fiel es ihr plötzlich ein.

„Ach, das ist eine lange Geschichte ..."

„Wir haben genug Zeit."

Gedankenverloren rührte Frieda in ihrer Tasse und zerstörte dabei das schöne Schaumhäubchen auf ihrem Cappuccino.

„Ich bin ja schon immer viel und gerne gereist. In Florida lernte ich ihn in einer Bar kennen, und für uns beide war sofort klar, dass wir zusammengehören. Das Ganze kam so: Mein Rock verfing sich an dem Cowboystiefel meines Sitznachbarn, als ich vom Barhocker stieg, um das stille Örtchen aufzusuchen. Da war ich aller-dings schon nicht mehr ganz nüchtern. Ich stolperte und landete genau in den Armen dieses gutaussehenden Mannes ..."

Ulrike verschluckte sich und prustete ih-ren Kaffee über den Tisch.

„Ich ersticke", gluckste sie und hielt sich den Bauch vor Lachen. „Läuft bei dir auch mal etwas ohne Unfall ab?"

Noch immer kichernd wischte sie sich die Tränen aus den Augen.

Oma Frieda war pikiert.

„Na, erlaube mal! Willst du die Geschichte nun hören oder nicht?"

Ulrike nickte heftig.

„Also schön. Uns war von Anfang an klar, dass wir zusammenbleiben wollten. Antonio Pirelli war der jüngste Sohn italienischer Weinbauern, gut betucht und gleichzeitig leidenschaftlicher Rennfahrer. Er war genauso reiselustig wie ich, und wann immer es ging, verbrachten wir unsere Zeit in Sizilien, Griechenland, Brasilien, Costa Rica oder Mexiko. Eines Tages wollten wir uns in einem dieser Länder niederlassen, und schließlich fiel unsere Wahl auf Brasilien. Wir hatten ein paar wunderschöne Jahre dort, bis Antonio bei einem Rennen tödlich verunglückte."

„Oh, du Arme, das ist ja schrecklich!" Mitfühlend sah Ulrike sie an.

„Kurz darauf merkte ich, dass ich schwanger war. Also brach ich meine Zelte in

Südamerika kurzfristig ab und kehrte schweren Herzens nach Deutschland zurück. Iris Antonia Pirelli zog ich mit Hilfe meiner Eltern groß. Ich widmete mich ganz der Kunst sowie dem Reisen und gab Kurse in Kunstgeschichte an verschiedenen Universitäten in Europa. Iris lebte bis zu ihrem 14. Lebensjahr bei ihren Großeltern und wechselte dann auf eine Schule in Mailand, wo ich gerade unterrichtete. Sie spricht fließend Italienisch. Aber wir fanden wohl nie einen rechten Draht zueinander. Für das Studium kehrte sie nach Deutschland zurück."

„Eine traurige Geschichte. Hast du nie wieder daran gedacht, noch mal zu heiraten?"

„Nein."

„Ich war über 40 Jahre verheiratet, bis mein Mann vor zwei Jahren an Krebs verstarb."

„Das tut mir leid, Rike. Ich glaube, der Motorradfahrer erscheint heute nicht mehr. Vielleicht wohnt er auch ganz woanders und kam nur zufällig vorbei."

„Oder er hatte einfach keine Zeit. Sag mal, vielleicht ist er ja auch Stammkunde und ging auf deine Schule? Ich meine, weil dies doch dein altes Schulcafé ist."

Frieda schüttelte den Kopf. „Ich habe ihn hier noch nie zuvor gesehen. Als ich auf das Gymnasium wechselte, war das eine reine Mädchenschule, erst drei Jahre später wurden auch Jungen aufgenommen. Und für die Kleinen interessierten wir uns damals nicht so."

„Heute ist das natürlich schon ganz anders", stichelte die Freundin. „Dann lass uns gehen!"

10

„Pff, langsam fällt mir hier die Decke auf den Kopf", seufzte Frieda

Ulrikes Augen sprühten Feuer. „Was willst du eigentlich? Zweimal die Woche haben wir Proben, und abends ziehst du beim Skat die Herren der Schöpfung bis aufs letzte Hemd aus. Sonntags holt dich dein Enkel ab. So schlimm kann es doch wohl nicht sein?! Was soll ich denn sagen? Mich führt keiner zum Essen aus."

„Doch, ICH! Jeden Freitag ins Café", konterte Frieda.

„Naja, das ist ja nun nicht ganz dasselbe. Nächsten Freitag komme ich übrigens nicht mit. Da hat meine Nichte Geburtstag, und ich bin eingeladen."

„Dann schaue ich eben nur nach, ob das Motorrad da steht ..."

„Der Kuchen schmeckt dir auch alleine."

„Das ist mir zu langweilig, da einsam rum zu hocken und keinen zur Unterhaltung zu haben."

Ulrike zuckte ungeduldig mit den Schultern. Wenn Frieda ihre „Mir-ist-langweilig-

Tour" hatte, war mit ihr nicht viel anzufangen.

„Ich gehe dann mal auf mein Zimmer. Es wird sowieso Zeit, dass ich das Bild für Alex fertig bekomme."

Beim Malen kam ihr plötzlich die zündende Idee. Es gab ja sicherlich noch andere Heimbewohner, die sich langweilten. Vor allem die, die nicht mehr so mobil waren. Warum war sie eigentlich nicht schon zuvor darauf gekommen?!

Lora gab einen krächzenden Laut von sich.

„Ja, meine Gute, sobald ich mit dem Portrait fertig bin, habe ich Zeit für dich."

Es dauerte auch gar nicht mehr lange, und schon strahlte ihr das Gesicht ihres Enkels in aller Frische entgegen.

„Wie er leibt und lebt", sagte sie zufrieden.

Oma Frieda bevorzugte Acrylfarben und manchmal auch Aquarell, vor allem für zarte Landschaftsbilder, die bei dem Betrachter das Gefühl erweckten, er versinke in einem Traum aus Vanille, Zitrus, Sumpfgras und Lavendel. Aber für Alex Bild benötigte sie einfach kräftigere Farben. Das konnte nun trocknen, während sie sich eine Weile mit dem Ara beschäftigte und sich dabei vornahm, gleich noch der Heimleitung ihren Vorschlag zu unterbreiten.

„Sie wollen Malkurse geben?"

Entgeistert sah Frau Krummnickel Oma Frieda über ihre Hornbrille an.

„Ja, sozusagen als Beschäftigungstherapie", nickte diese eifrig.

„Da muss ich mich erst erkundigen, ob das überhaupt zulässig ist."

„Sie klagen doch immer über Personalmangel! Die Leute langweilen sich. Man muss auch alte Menschen fördern und ihnen Entfaltungsmöglichkeiten geben, sonst gehen sie ein wie die Primeln! Versetzen Sie sich mal in unsere Lage. Oder glauben Sie etwa, Sie bleiben ewig jung?"

Frau Krummnickel war sprachlos, allerdings nur für kurze Zeit.

„Hören Sie …"

„Ja, schon gut, ich werde sehen, was ich tun kann. Aber ich verspreche nichts. Das Heim hat keine Mittel, so etwas zu finanzieren."

„Das lassen Sie mal getrost meine Sorge sein. Ich will keine Bezahlung dafür, und das Material kann ich selber stellen. Mir geht es nur darum, dass mal etwas in Gang kommt. So!" Frieda holte tief Luft.

„Soweit ich weiß, ist schon einiges in Gang gekommen. Spielen Sie nicht in der Band?"

„Ja, genau! Aber Sie sehen es ja selbst: Ohne Eigeninitiative läuft hier gar nichts!" Frau Krummnickel lief rot an.

„Wie gesagt fehlen uns Personal und Mittel."

„Na, dann seien Sie doch froh, wenn wir mit ein paar Ideen den Laden mal aufmöbeln! So marode wie Sie denken, sind wir nämlich noch gar nicht."

Zwei Stunden später hatte Frieda die Zusage in der Tasche und hing auch schon am Handy.

„Alex, hör zu, wenn du Sonntag kommst, würdest du mir dann bitte Bleistifte, Buntstifte, Tuschkästen und Zeichenblöcke mitbringen?"

Der Enkel schmunzelte.

„Seit wann benutzt du denn Tusche? Sind dir deine Farben ausgegangen?"

„Hab ich schon benutzt. Einmal habe ich Wachsmalstifte auf Tusche ausprobiert und ein einzigartiges Werk kreiert."

„Ah, ich erinnere mich: Die Felsen im Wasser. Das ist toll geworden, stimmt."

„Ich brauche die Farben für einen Malkurs, den ich im Heim geben will. Es gibt bestimmt genug Leute, die Freude daran haben."

Alex pfiff durch die Zähne, und Frieda hielt das Handy vorsichtshalber ein Stück vom Ohr ab.

„Wow Oma, das ist sowas von cool! Auf was du so alles kommst! Ich bringe dir reichlich von allem mit, versprochen."

„Gut, dann können wir nächste Woche loslegen. Und jetzt entschuldige mich, ich habe noch zu tun."

Kurz darauf entwarf Frieda ein ansprechendes Plakat für den Malkurs und hängte es im Speisesaal auf.

So, das wäre erledigt. Mit einem Blick auf die Uhr stellte sie fest, dass sie den Nachmittagskaffee verpasst hatte und es gleich Zeit fürs Abendbrot war. Der Tag, der so langweilig begonnen hatte, war dann doch noch wie im Fluge vergangen.

11

Die Malstunden waren auf dienstags von 10 bis 11 Uhr festgelegt, und Oma Frieda war angenehm überrascht, wie viele Leutchen daran Interesse zeigten.

2, 4, 6, 8, 10, 11 zählte sie in Gedanken. Sechs Damen und fünf Herren. Erika und Herbert aus der Band, Thomas, Martin, der im Rollstuhl saß - na sowas, da war ja auch Ilse, ihre Zimmernachbarin.

„Hallo, ihr Lieben. Ich freue mich, dass so viele von euch Lust haben, mit mir zu zeichnen und zu malen. Für alle, die mich noch nicht kennen: Ich bin Frieda Pirelli. Herbert, hilfst du mir bitte mal, die Blätter und Stifte zu verteilen?"

„Aber da ist ja schon was draufgezeichnet", rief Erika aus.

„Ja, genau."

Abwehrend hob Frieda die Hände. „Bevor sich jemand unterfordert fühlt, weil er denkt, er soll das Bild nur ausmalen, möchte ich die Aufgabe erklären. Ihr seht vor euch eine Wiese und einen Baum. Darüber einen Himmel mit Sonne. Ich möchte, dass jeder für sich einmal überlegt, was ihm persönlich in dieser Landschaft fehlt. Zeichnet es mit dem Bleistift ein. Das kann eine Frau sein, die Wäsche aufhängt, Kinder, die Ball spielen, Wolken am Himmel, ein Haus oder einfach nur ein paar Blumen. Was euch so einfällt!"

Kurz darauf wurde eifrig gekritzelt.

Erika sang dabei leise vor sich hin.

Frieda zeichnete ebenfalls. Nach 20 Minuten wanderte sie langsam von Platz zu Platz und besah sich die Werke.

„Oh, eine Katze, Ilse, wie schön! Martin, magst du noch Blätter zu deinen Tulpen hinzufügen? Jutta, du kannst Bewegung in deine Strichmännchen bringen - warte, ich zeige dir das."

Nach weiteren 10 Minuten wurde die Halbzeit verkündet.

„Wer nun möchte, kann das Blatt farbig gestalten. Dabei könnt ihr eurer Fantasie wieder freien Lauf lassen."

So entstanden interessante Werke.

Am Ende der Stunde besah sich die Kursleiterin die Zeichnungen.

„Wunderbar. Obwohl alle die gleiche Vorlage hatten, ist jedes Bild ganz individuell geworden. Und genauso sollte das auch sein. Erika hat den Himmel zum Beispiel rot gefärbt, bei Herbert ist er blau, wobei die Sonne ein wenig grün eingefärbt wurde. Das macht aber gar nichts. Sehr interessant finde ich auch, was eurer Meinung nach alles auf eine Wiese gehört. Da ist so allerlei dabei, vom Haus zum Boot, von der Blume zum Baum, Kinder mit einem Ball. Und hier - ein Maulwurfshügel? Zum Teil richtige kleine Kunstwerke. Und in der Kunst ist ja alles erlaubt. Man kann sich Freude und Kummer von der Seele malen. Heute will ich nicht sagen, wie man was anders machen könnte, ich wollte euch anhand eurer Bilder einfach besser kennen lernen. Ein Bild drückt aus, wie der Künstler die Welt oder die Dinge sieht. Das kann aber auch vom jeweiligen Moment und seiner Laune abhängen, indem er den Himmel zum Beispiel düster einfärbt, helle oder kräftige, vielleicht aggressive Farben bevorzugt. Man kann hierbei aus dem Vollen seiner Gefühlspalette schöpfen."

„Und aus seiner Farbpalette!", warf Herbert ein.

„Ja, genau. Wer heute noch nicht ganz fertig geworden ist, kann nächsten Dienstag an seinem Bild weiterarbeiten. Ich würde mich freuen, euch wieder vollzählig hier zu sehen und hoffe, es hat euch allen ein wenig Freude gemacht.“

Applaus und zustimmendes Gemurmel ertönten.

„Jetzt müssen wir leider den Saal räumen, da hier pünktlich um halb 12 Uhr das Mittagessen serviert wird.“

„Was hast DU denn gezeichnet?“ Thomas war neugierig. „Ja, genau, wir wollen es sehen!“

Und so ging Friedas Bild durch die Reihen.

„Oh, das ist natürlich ganz was anderes.“ Herbert deutete auf die Schafherde, den Hirten und den großen Collie unter einem wolkenverhangenen Himmel. „Und dann dagegen meine stümperhaften Figuren.“

„Ich male und zeichne ja auch schon von Kindesbeinen an. Deine Landschaft mit den spielenden Kindern ist doch schön geworden. Ich kann euch in den nächsten Malstunden einige Kniffe zeigen. Aber vergesst bitte nicht: Dies ist kein Talentwettbewerb, sondern es soll vor allem

Spaß machen. Vielleicht organisieren wir am Ende des Kurses sogar eine kleine Ausstellung, zu der auch die Öffentlichkeit Zugang hat. An Schulen wird das teilweise bereits praktiziert. Bis dahin müssen wir allerdings noch tüchtig zeichnen und malen."

An den strahlenden Gesichtern sah Frieda, dass die erste Stunde ein voller Erfolg war, aber jetzt hieß es, schleunigst das Feld zu räumen, damit die Tische rechtzeitig gedeckt werden konnten.

12

Die Tage eilten nur so dahin. Die Musikgruppe, die abendliche Skatrunde und die Maltherapie, wie Frieda die Mal- und Zeichenstunden nannte, ließen nicht allzu viel Zeit, um sich zu langweilen. Die wenigen freien Stunden verbrachte sie lesend, malend oder mit Lora, die die Zuwendung sichtlich genoss. Ein starkes Gitter vor dem Fenster verhinderte einen erneuten Ausbruch des unternehmungslustigen Federviehs.

Alex' Portrait war fertig geworden, gerade noch rechtzeitig zu seinem Geburtstag. Morgen Nachmittag wollte der Junge sie abholen, dann sollte eine Feier im engsten Kreise der Familie stattfinden.

„Schließlich wird man nur einmal im Leben 29", sagte er grinsend.

Oma Frieda sah aus dem Fenster. Eine strahlende Sonne schien vom wolkenlosen Julihimmel - und dennoch war ihr so gar nicht nach Lachen zumute. Ihre Tochter Iris ließ sich nach dem damaligen Auftritt nicht mehr blicken, die hatte ihre Mutter anscheinend endgültig abgeschrieben. Und noch eine Hoffnung musste sie wohl begraben: Der flotte Motorradfahrer aus dem Café war nicht wieder aufgetaucht.

„Er war eben nur eine Eintagsfliege", murmelte sie enttäuscht.

„Ja, Lora, so ist das, wenn man alt wird!"

Die Papageiendame legte den Kopf schief und verkündete dann laut und deutlich: „Ja, Flora!"

Diese Namen hatte ihr natürlich Ilse beim letzten Besuch gegeben.

Oma Frieda musste lachen. Ihre Zellennachbarin vergaß auch sonst so einiges.

Ein energisches Klopfen an der Tür riss sie aus ihren Gedanken.

„Ach, Ulrike, komm doch rein!"

„Ja, bist du denn noch nicht ausgehfertig? Es ist doch Freitag heute. Sag nicht, du hast das vergessen!"

Frieda schüttelte den Kopf.

„Nein, aber ich denke nicht, dass er nochmal auftaucht - und Lust habe ich auch nicht groß. Morgen werde ich eh mit Torte abgefüllt."

„Ach, so ist das! Aber ich nicht! Und vielleicht habe ich Lust!"

„Dich hält ja niemand, du kannst doch gehen."

„Na, Danke auch! Bisher habe ich dich treu begleitet! Und jetzt bestehe ich darauf, dass du mitkommst. Ich hasse es, allein im Café zu sitzen, das weißt du ganz genau! Außerdem habe ich mich extra angezogen und zurechtge …"

„Schon gut", unterbrach Frieda den Redeschwall ihrer entrüsteten Freundin. „Gib mir zehn Minuten, ja!"

Besondere Mühe gab sie sich diesmal nicht: In Bermuda-Jeans und ein buntes T-Shirt schlüpfen, Haare noch rasch mit einem Stirnband zurückbinden, den zeternden Papagei einsperren, Handtasche greifen und Sandalen überstreifen waren eins.

„Donnerwetter, das ging jetzt aber wirklich schnell", staunte Ulrike.

„Na, dann los, staune keine Bauklötze!"
Frieda war wieder ganz die alte. Draußen hakten sich die Freundinnen unter.

„Schau mal, was da steht. Ist das nicht …"

„Oh weh!" Frieda wurde blutrot.

„Na, komm schon. Was ist denn los? Darauf hast du doch seit Wochen gewartet."

Interessiert inspizierte Ulrike das Motorrad. „Eine Vespa", erklärte sie mit Kennermiene. „Wenn du nicht zunimmst, passt du sogar hinten drauf. Aber vielleicht traust du dich ja auch gar nicht!"

„Na, hör mal! Ich habe früher schon selbst ganz andere Schlitten gefahren! Mit Federn in den Haaren und ohne Helm, ob du es glaubst oder nicht! Ich gehörte zu den Blumenkindern."

„Das hätte ich mir ja denken können", stichelte Ulrike.

„Mann, ich könnte dir Geschichten erzählen …"

„Jetzt lieber nicht, drinnen wartet dein Galan", kicherte das boshafte Ding.

„Rike, lass uns schnell wieder umkehren."

„Du bist doch kein Backfisch! Der hat uns bestimmt von drinnen schon gesehen. Wie sieht das denn aus, wenn wir jetzt kneifen? Und nachher jammerst du mir die Ohren voll, weil du dich nicht getraut hast."

Frieda holte tief Luft. „Du hast Recht! Also auf in den Kampf! Vielleicht gehört das Motorrad ja auch ganz wem anders."

Hocherhobenen Hauptes marschierte Frieda als erste durch die Eingangstür -

und da saß ER schon mit erwartungsvollem Blick.

Ein freundliches Nicken.

„Wenn die Damen erlauben. An meinem Tisch ist noch Platz."

Tatsächlich, heute war es besonders voll. Während Friedas Blicke noch hilflos umherwanderten, hatte Ulrike die Einladung schon dankend angenommen.

Sie ließen sich an dem runden Tisch nieder.

„Gestatten, Kurt Meier mein Name. Kurt mit Helm und ohne Gurt."

„Ulrike Probst und Frieda Pirelli. Sehr freundlich von Ihnen, dass wir uns hier niederlassen durften. Es ist ja wirklich sehr voll heute", entgegnete die Rothaarige.

„In der Tat. Aber sehr gerne doch."

Frieda hatte geschwiegen, aber jetzt rutschte es ihr heraus: „Sie waren wohl sehr beschäftigt in letzter Zeit."

Kurt sah sie erstaunt an, und sie hätte sich am liebsten die Zunge abgebissen.

„Nein, eigentlich nicht mehr als sonst auch. Meine Tochter betreibt gemeinsam mit ihrem Mann eine Art kleinen Bauernhof. Wir wohnen etwas außerhalb, aber einmal die Woche nehme ich mir eine Auszeit und komme hierher in dieses schöne nostalgische Café."

Friedas Interesse war geweckt. „Einen Bauernhof, das ist ja interessant! So richtig mit Kühen?"

Kurt lachte. „Nein, Kühe haben wir nicht, dafür aber jede Menge Hühner und auch ein paar Zwergziegen. Ich kümmere mich um die exotischen Pflanzen, Bananenbäume und Orchideen. Seitdem meine Ex mich sitzen lassen hat wohne ich bei den Kindern - und, ehrlich gesagt, bekommt mir das Landleben richtig gut."

„Oh, ich liebe Ziegen und Hühner! Mich hat meine Tochter in ein Seniorenheim verfrachtet. Aber ich halte auch Geflügel, eine Papageiendame namens Lora. Die sollten Sie mal kennenlernen!"

„Gerne. Und Sie müssen mich unbedingt auf unserem Hof besuchen, Frieda." Er erinnerte sich plötzlich an Ulrike, die ganz gegen ihre Art ins Abseits geraten war. „Und Sie natürlich auch."

„Ach, ich denke, Landluft ist nicht so meins. Aber vielen Dank für die Einladung."

Die Bedienung kam, und es gab eine kurze Unterbrechung.

„Haben Sie nur Kaffee bestellt? Ich kann die Rumkugeln wärmstens empfehlen. Sie müssen wissen, dass dies mein altes Schulcafé ist. Ich komme schon sehr lange hierher und bin immer wieder begeistert."

„Ja, wenn das so ist, dann werde ich mir natürlich auch gleich eine bestellen", schmunzelte der lustige Herr.

Es wurde ein vergnügter Nachmittag, der leider viel zu schnell vorbei war. Beim Aufbruch wurden eifrig Hände geschüttelt, und man war inzwischen längst beim Du angekommen.

„Also, ich sehe zu, dass ich von nun an meinen freien Nachmittag auf den Freitag lege. Und nächste Woche bringe ich einen zweiten Helm mit, dann drehen wir mal eine Runde mit der Vespa."

Da war auch Ulrike begeistert. „Das wäre schön."

„Na, siehst du, war doch gar nicht so schwer", sagte sie später zu Frieda, als Kurt bereits davongedüst war.

Die schwebte im siebten Himmel.

„Am meisten freue ich mich auf die Ziegen", schwärmte sie.

„Ach was!"

„Doch wirklich, ich mag sie, das war nicht
gelogen", freundschaftlich boxte sie Ulrike in die Seite.

13

„Happy Birthday to you, Happy Birthday dear Alex ..." Röhrend stimmte Frieda mit in das fröhliche Lied ein. Sie freute sich, denn das Portrait war als Geschenk ein voller Erfolg gewesen. Dazu gab es noch einen kleinen Reiseführer über den Amazonas, den Alexander sicherlich gut gebrauchen konnte. Von den Eltern erhielt der Junge ein Geldgeschenk und irgendwelches technisches Zubehör, mit dem Frieda nichts anfangen konnte.

Nach dem Kaffeetrinken nahm Alex seine Großmutter beiseite. „Hast du mal ein paar Minuten für mich?"

„Für dich habe ich Stunden und Tage, wenn es sein muss", lachte die.

Sorgfältig schloss er seine Zimmertür.

„Oma, ich habe es Vater und Mutter noch nicht gesagt, du sollst es als erste erfahren. Ende Februar geht es nach Sao Paulo. Ich habe eine Zusage für das Sommersemester. Im März fange ich an." Vergnügt rieb er sich die Hände und strahlte sie an.

„Junge, aber das ist ja großartig, auch wenn ..."

Die Tür wurde aufgerissen. Da stand Iris mit verkniffenem Gesicht. „Ach, und wann hattest du vor, uns zu informieren? Nach deinem Abflug?"

„Mutter, ich …"

„Du weißt, wie sehr dein Vater sich gewünscht hat, dass du am hiesigen Krankenhaus anfängst und später eine leitende Stellung übernimmst. Professor Doktor Eisenhart hat bereits zugesagt, dich unter seine Fittiche zu nehmen."

„Ja, das ist was Vater will! Aber ich habe ganz andere Pläne. Am Amazonas sucht man händeringend nach Fachärzten. Ich studiere doch nicht Tropenmedizin, um dann zu versauern. In Brasilien kann ich Leben retten, das ist noch eine wahre Mission. Man braucht dort jede Hand."

„Leben retten kannst du hier auch!"

„Mutter, es ist mein Weg! Ich entscheide selbst darüber!"

Zornig standen sich die zwei gegenüber.

„Bist du jetzt zufrieden?" Wutschnaubend wandte sich Iris an ihre Mutter. „Die Tropen! Das ist doch auf deinem Mist gewachsen! Der Reiseführer über den Amazonas! Jetzt wird mir so manches klar!"

„Mutter! Oma hat damit gar nichts zu tun. Mein Entschluss stand schon vorher fest. Im Februar werde ich fliegen!"

Horst erschien, angelockt von der immer heftiger werdenden Debatte.

„Das wollen wir doch erstmal sehen! Wenn du gehst, brauchst du gar nicht mehr wieder zu kommen", schrie er unbeherrscht.

„Gut, dann weiß ich ja Bescheid!" Das kam ganz ruhig, aber Alex war aschfahl im Gesicht geworden.

„Horst, das kannst du doch nicht machen!"

„Das ist immer noch mein Haus!" Das erzürnte Ehepaar verließ den Raum, um draußen weiter zu diskutieren.

„Ach, Alex, es tut mir so leid. Und das an deinem Geburtstag."

Liebevoll umarmte Frieda ihren Enkelsohn.

„Keine schöne Situation. Die Wohnung steht schon zum Verkauf, aber vielleicht kann ich bei einem Freund unterkommen bis zum Abflugtermin."

„Ich kann dich ja leider nicht mit ins Heim nehmen. Schade eigentlich! Aber pass auf: Lass dich hier nicht rausekeln!"

„Es findet sich für alles eine Lösung, Oma, keine Bange. Was meinst du, sollen wir eine kleine Rundfahrt mit dem Auto machen? Danach bringe ich dich direkt zurück ins Heim. Am Abend will ich noch mit ein paar Kumpeln feiern, und bis morgen hat sich mein Vater bestimmt wieder beruhigt."

Sie fuhren in das nahegelegene Wäldchen, machten einen schönen Spaziergang und gönnten sich jeder eine leckere italienische Pizza in der Altstadt, bevor Alex schließlich den Weg zum Seniorenheim einschlug.

„Denk daran, dass ich dich wie immer morgen Mittag gegen ein Uhr abhole", erinnerte er und drückte ihr einen Kuss auf die Wange.

Frieda sah ihm gedankenverloren nach, wie er wendete und dann davonbrauste. Gut, dass sie ihn hatte, aber bald würde er fort sein. Ein tiefer Seufzer löste sich aus ihrer Brust.

14

Fortan traf sich Frieda freitags mit Kurt im Café. Anfangs leistete Ulrike den beiden noch Gesellschaft, drehte auch eine Runde auf dem Rücksitz der Vespa, aber dann meinte sie: „Macht ihr ruhig, ich bin nicht gerne drittes Rad am Wagen."

„Am Motorrad, meinst du wohl", konterte Frieda, und beide mussten lachen.

Eines Sonntags machte Alex den Vorschlag, Oma Frieda auf den Bauernhof zu fahren. Mehrmals hatte Kurt angeboten, sie auf dem Motorrad mitzunehmen, aber bisher hatte sie immer höflich abgelehnt.

Nun gab es kein Entrinnen.

So weit raus lag das Anwesen gar nicht, das Auto hielt schon bald vor einem schmucken Haus am Dorfeingang. Stürmisch wurde das Tor aufgerissen, und ein kleines Mädchen in kurzen roten Hosen rannte ihnen freudestrahlend entgegen.

„Oma Frieda, Oma Frieda, da bist du ja endlich! Opa hat schon so viel von dir erzählt!"

Kritisch musterte sie die Begleitung.

„Und wer ist das?"

„Ich bin Alex. Und wer bist du?", lautete die Antwort.

„Na, ich bin doch Hannah! Mit H hinten!"
Das Kind spuckte sich in die Hand und reichte sie dann feierlich Alex.

„Kann ich dir jetzt die Hand geben oder muss ich auch erst reinspucken?"
Der junge Mann amüsierte sich köstlich.

Das Mädel nickt eifrig. „Ja, klar, beides!"
Eine junge Frau kam herbeigeeilt und verhinderte gerade noch, dass Frieda sich auch in die Hände spuckte.

„Hannah, wie oft habe ich dir schon gesagt, du sollst das lassen! Was ist das für ein Benehmen? Entschuldigen Sie bitte. Sie müssen Alex sein und Sie Oma Frieda. Ich heiße Miriam und bin die Mutter dieser kleinen ungezogenen Göre."

Die Kleine schüttelte den Kopf, dass die dunklen Locken nur so flogen. Ein freches Grinsen erschien auf dem braungebrannten Gesicht. „Ich bin gar nicht klein - und ungezogen bin ich gerne. Meine Freunde spucken sich alle in die Hände, das hält besser!"

Dann wandte sie sich an Alex. „Willst du mal sehen, wie weit ich spucken kann?" Sie zeigte eine entzückende Zahnlücke vorne links.

„Später vielleicht. Jetzt möchte ich doch erst mal deinen Opa kennen lernen", lachte der.

Nun mischte Frieda sich ein. „Und ich habe hier ein kleines Geschenk für dich, junge Dame."

Mit einem Ratsch war das bunte Papier zerrissen. „Oh, ein Buch über Tiere auf dem Bauernhof. Danke schön! Weißt du, ich habe schon überlegt, was du mir wohl mitbringst. Über eine Puppe hätte ich mich nicht so gefreut. Aber über einen Teddy, den mag ich."

Oma Frieda musste eine stürmische Umarmung über sich ergehen lassen.

„Dann weiß ich ja Bescheid fürs nächste Mal", schmunzelte sie.

„Hannah", rügte Miriam. „Vielleicht gehst du jetzt mal Hände waschen und sagst dann den Männern Bescheid, dass unser Besuch da ist und es gleich Kaffee und Kuchen gibt!"

Wie ein Wiesel verschwand das Mädchen hinterm Haus.

„Entschuldigen Sie, die Kleine ist acht und …“

„Aber das macht doch nichts. Sie ist herzerfrischend, ein richtiges Landkind. So sollten Kinder sein.“

Oma Frieda war ganz in ihrem Element.

„Könnte ich vielleicht auch …“, verlegen sah Alex auf seine rechte Hand.

„Aber natürlich doch, bitte kommen Sie. Ich habe den Tisch hinten im Garten gedeckt, das Wetter ist so schön heute.“

Wenig später saßen sie in fröhlicher Runde um einen riesigen Apfelkuchen mit Schlagsahne und langten tüchtig zu.

Aromatisch stieg der Kaffeeduft aus den Tassen.

„Na, kleines Fräulein - und was trinkst du da Schönes?“ Frieda wandte sich freundlich an ihre Tischnachbarin, die eifrig und geräuschvoll schlürfte.

„Kakao. Wir haben Zwergziegen, aber dafür kann man ihre Milch nicht nehmen. Ich habe das mal ausprobiert, und es hat ganz abscheulich geschmeckt. Ich hätte fast geko …“

„Hannah!“, rügte Miriam.

„Es ist doch aber wahr", mokierte sich das Kind mit blitzenden Augen.

Die blauen Augen hat sie von ihrem Vater, dachte Frieda. *Und sie leuchten richtig in dem kleinen braunen Gesicht. Wie ein Pirat sieht sie aus mit dem wirren dunklen Haar.*

Tatsächlich sah Hannah ihrem Vater sehr ähnlich. Der lachte grad herzhaft und war in ein angeregtes Gespräch mit Alex vertieft.

„Mit Tiermedizin kenne ich mich leider nicht so gut aus wie mit Tropenmedizin", erklärte dieser gerade.

Hannah sah ihn forschend an. „Dann kannst du unsere Myrte gar nicht gesund machen?"

„Wer ist Myrte?"

„Na, meine Ziege. Sie springt gar nicht mehr so vergnügt umher wie sonst."

„Ich sehe sie mir nachher gerne mal an", versprach er.

„Jetzt gleich!"

„Du lässt Alexander erst mal in Ruhe seinen Kaffee austrinken!" Das klang streng.

Mürrisch sah Hannah ihre Mutter an und schob die Unterlippe vor.

„Ja, da hast du nun den Salat", schmunzelte Kurt.

Auch in kariertem Hemd und Jeans sah er durchaus attraktiv aus.

„Den ganzen Clan, meinst du wohl", lachte Frieda vergnügt.

„Miriam, dein Apfelkuchen ist die Wucht in Tüten! Ich hätte gerne noch ein Stück davon."

„Aber ja! Du auch, Alexander?"

Beschwörend sah das Mädel ihn an.

„Nein, lieber nicht, so gut er auch schmeckt. Ich denke, ich schaue jetzt mal nach der Ziege."

Hannah strahlte und zog ihn mit sich fort.

Kurt wartete höflich bis Frieda aufgegessen hatte und schlug dann vor, ihr den Bauernhof zu zeigen.

„Meine kleine Farm", scherzte er.

„Ich kann doch erst noch mit abräumen."

„Das erledigen Miriam und Tobias schon. Komm nur mit."

Zuerst ging es ins Gewächshaus. Oma Frieda bewunderte ausgiebig die zahlreichen Orchideen und Strelitzien.

„Ich fühle mich grad wieder wie am Amazonas", schwärmte sie.

„Die Bananenbäume sind schon draußen. Die Kübel lassen sich rollen. Und jetzt geht es zu den Hühnern."

Das Federvieh befand sich hinter einem Zaun aus Holz und Maschendraht.

„Komm ruhig rein, die tun nix!"

„Weiß ich doch", beteuerte Frieda und klaubte ein paar Federn auf. Lachend befestigte sie diese in ihrem langen Haar.

Kurt amüsierte sich köstlich. „Was machst du denn da?"

„Wurde mal wieder Zeit, mich mit fremden Federn zu schmücken. Es waren bunte Zeiten damals - und die Federn in den Tropen farbenprächtiger als diese. Aber was soll es!"

Gut gelaunt überquerte sie den Hof, während Kurt noch neben dem offenen Tor stand - und da erblickte sie sie: die Vespa.

„Du gestattest? Keine Bange, ich saß früher auf ganz anderen Maschinen!", rief sie fröhlich.

Und schon startete die Seniorin mit lautem Geknatter durch. Eine Runde und dann noch eine.

„Oma Friiiiiieda!" Hannah jubelte und winkte. Ja, wo kam die denn plötzlich her?

Oh weh, der Zaun! Die rüstige Rentnerin konnte nicht mehr stoppen, schwenkte aber geistesgegenwärtig leicht nach rechts und fuhr durch das offene Tor direkt an Kurt vorbei mitten in die gackernde Hühnerschar!

Das war eine Gaudi! Alex und Hannah kamen herbeigeeilt und lachten Tränen. Auch Tobias hielt sich den Bauch vor Lachen. Kurt machte große Augen, doch dann stimmte er mit ein.

„Oma Frieda, das sah aber auch zu komisch aus, wie du mit deinem Federputz zwischen den Hühnern gelandet bist!" Das Kind hopste aufgeregt umher. „Oma Frieda fährt im Hühnerstall Motorrad, Motorrad", krähte sie ausgelassen.

Auch Frieda musste schmunzeln. „Und konntest du die Ziege heilen?", fragte sie ihren Enkelsohn.

„Alex hat gesagt, Myrte ist gar nicht krank. Sie bekommt ein Baby", freute sich das Mädchen.

„Ich werde später mal Tierärztin. Und wenn das Zicklein ein Böckchen wird, nenne ich es Alex!"

15

„Wow, das ist also dein berühmter Kaffeeautomat?" Ulrike bewunderte das gute Stück ausgiebig.

„Ja, Alex hat ihn mir letzte Woche gebracht. Er war noch in meiner Wohnung, und die muss er nun ja räumen, da sie verkauft ist."

„Ah, ich bin im Bilde! Damit finanziert er sich sein Studienjahr in Brasilien."

Frieda stellte eine dampfende Tasse Kaffee auf den Tisch, während der Automat geräuschvoll eine zweite zubereitete.

„Genau! Hmmm, riechst du das Aroma? Es geht doch nichts über frisch gemahlene Kaffeebohnen."

Genießerisch schnupperte sie.

„Extravagant bist du gar nicht!", lachte ihre Freundin.

„Nööö, nur ein Gourmet, was Kaffee anbelangt. Nach meinen Aufenthalten in Afrika, Brasilien und zuletzt Italien kein Wunder, oder? Mein Leben war ein ganz anderes, bevor man mich hier in dieses Altersheim steckte."

„Sag doch wenigstens Seniorenheim. Hast du deiner Tochter damals eigentlich eine Vollmacht unterschrieben?"

Frieda schüttelte den Kopf. „Niemals! Aber als man derart drängte und mich niemand haben wollte, habe ich nachgegeben. Ich kann zwar jederzeit raus, aber wo soll ich hin? Wie war das eigentlich bei dir? Warum bist du hier?"

„Ach, stimmt, das habe ich dir ja nie erzählt." Ulrike nahm einen Schluck Cappuccino. „Wirklich gut. Und das Schaumhäubchen ist ein Traum."

„Gell? Der italienische Espresso ist ja auch weltbekannt. Allerdings ist er so bitter, dass ich ihn einfach nicht herunterbekomme. Aber nun beichte mal!"

„Also gut. Ich bin in meiner Wohnung von der Leiter gefallen und brach mir dabei ein Bein. Da ich das Telefon nicht erreichen konnte, lag ich ziemlich lange am Boden, bevor man mich fand. Daraufhin kam ich ins Krankenhaus und dann in die Kurzzeitpflege, weil ich leider niemanden habe, der sich kümmern kann. Keine greifbare Familie, verstehst du? Ich bin früh von zu Hause weg damals und tingelte mit einer Schauspielgruppe durch die Gegend. Ach, das waren noch Zeiten!" Sie seufzte und Frieda verstand sie nur allzu gut. „Im Heim fand ich schnell Anschluss und entschloss mich, zu bleiben. Vielleicht kann ich einige Leute ein bisschen aufmuntern, dachte ich mir."

„Das kannst du wirklich! Denk nur mal an unsere Musikband. Vielleicht könnten wir ja noch eine Theatergruppe dazu gründen!" Oma Frieda war Feuer und Flamme.

„Wie willst du die denn noch unterbringen bei unserem vollen Zeitplan?"

„Lass mich nur machen!"

Es klopfte an der Tür.

„Kurt, was suchst du denn hier? Welch schöne Überraschung!"

„Guten Morgen, die Damen. Ich hatte in der Nähe zu tun und dachte, ich schaue mal vorbei! Leider habe ich nun aber nur einen Blumenstrauß dabei." Er sah sich aufmerksam um. „Hübsch hast du es!"

„Ich bin schon auf dem Sprung, habe noch etwas zu erledigen", verkündete Ulrike taktvoll und leerte ihre Tasse ein wenig zu hastig.

„Bis später dann!"

„Setz dich doch, Kurt! Magst du einen Cappu?"

„Lieber einen Espresso."

Der Papagei, der sich übergangen fühlte, schrie durchdringend: „Hallo".

„Hallo, meine Hübsche! Du bist doch sicherlich Lora", sagte Kurt und näherte sich dem Käfig.

„Vorsicht, sie kennt dich nicht ...", warnte Frieda besorgt. Doch der Ara erklomm bereits den ausgestreckten Arm, kletterte bis zur Schulter und krächzte Kurt allerlei Blödsinn ins Ohr.

„Sie mag dich!"

„Ich verstehe eben, mit Damen umzugehen", schmunzelte er vergnügt.

Es wurde eine unterhaltsame und harmonische Stunde, Frieda sah bedauernd auf die Uhr. „Oh je, gleich gibt es ja schon Mittagessen. Die Zeit ist so schnell vergangen. Ich werden mich nie an diese strengen Essenszeiten gewöhnen."

„Ich muss auch wieder los. Wenn ich nicht noch was zu erledigen hätte, würde ich dich zum Essen ausführen. Aber das holen wir nach. Ich geleite dich noch in den Speisesaal."

Kurt verabschiedete sich an der Tür, nachdem er noch höflich hinein genickt hatte.

„Oh, wer war denn der flotte Herr?"

„Friedas Verehrer!"

„Der ist aber charmant." Alle redeten durcheinander.

„Das war Kurt - mit Helm doch ohne Gurt! Wenn ihr euch beeilt, könnt ihr ihn noch auf seinem Motorrad davonfahren sehen!" Frieda lachte und wies auf die große Scheibe, die den Blick auf den Parkplatz freigab. Dort bestieg der interessante Herr grad seine Vespa, winkte, etwas verwundert über die vielen Gesichter hinter dem Glas, seiner Angebeteten noch kurz zu und verschwand dann knatternd durch das Tor Richtung Straße.

16

„Sag mal, Alex, haben sich die Wogen bei euch eigentlich wieder geglättet?"

„Was meinst du?"

Großmutter und Enkel waren auf dem Weg zum Bauernhof. Es war Sonntagmittag, und die Sonne strahlte nur so vom Himmel. Kurt hatte Frieda schon des Öfteren mit dem Motorrad abgeholt, aber das passte Hannah nicht in den Kram. Das Kind hatte geradezu einen Narren an Alex gefressen, und auch der freute sich darauf, seine kleine Freundin zu sehen.

„Das letzte Mal, als ich bei euch war, drohte dir ein Rausschmiss. Du bist leider die einzige Verbindung zu meiner lieben Familie", seufzte die alte Dame.

„Ach so, na das Thema ist quasi vom Tisch, seitdem Mutter herausgefunden hat, dass Vater eine Affäre hat. Der vergnügt sich mit einer jüngeren Arbeitskollegin und ist ein seltener Gast zu Hause geworden."

Frieda schlug die Hände über dem Kopf zusammen. „Ich habe es ja fast geahnt!"

„Oma, bitte!"

Der Wagen machte einen Schlenker.

„Du kannst dir die Laune meiner Mutter vorstellen. Kein Vergnügen dort zu wohnen, aber die paar Monate bekomme ich auch noch rum. Jetzt haben wir bereits August."

Auf dem Hof wurden sie schon sehnsüchtig erwartet.

„Alex!" Jubelnd eilte die Kleine ihm entgegen, wurde aufgefangen und durch die Luft geschwenkt.

„Ja, und was ist mit mir?"

„Oma Frieda!" Die arme Frau wurde fast umgerissen und wehrte lachend ab.

Es wurde ein schöner Nachmittag mit angeregten Gesprächen.

„Was macht Myrthe?", fragte Alex.

„Der geht es gut! Sie wird immer dicker und fauler. Willst du nach ihr sehen?"

„Später."

Hannah begann, sich zu langweilen. Alex war in ein Gespräch mit ihrem Vater vertieft, es ging um irgendwelche Maschinen. Oma fachsimpelte mit der Mutter über Backrezepte und Opa sprach tüchtig dem Kuchen zu.

„Darf ich aufstehen?"

Miriam nickte geistesabwesend.

Die Themen am Tisch änderten sich nach einer Weile.

„Im Februar soll es also losgehen? Nach Brasilien?"

„Er wird mir fehlen", seufzte Frieda.

„Und Hannah sicherlich auch. Wo ist die überhaupt?" Kurt sah sich suchend um.

Tobias zuckte die Schultern. „Sicherlich bei den Ziegen oder bei den Hühnern. Irgendwo räubert sie rum."

„Ach, ich wollte doch noch nach Myrthe sehen. Sicherlich wartet sie schon dort. Das Mädel wird mir auch fehlen. Aber ich kann sie ja schlecht mitnehmen!"

Über ihnen knackte es im Baum, dem guten alten Schattenspender. Dann ein Schrei. Ein Zweig brach herunter und mit ihm ...

„Hannah!", rief Miriam entsetzt.

Das Mädel sauste in Sekundenschnelle durch das Geäst und landete mitten auf dem Tisch - mit einem Bein auf dem Tortenteller.

„Au, mein Arm!" Weinerlich verzog das Kind sein Gesicht. „Es tut so weh!"

„Lass mich einmal nachsehen, hoffentlich ist nichts gebrochen. Kannst du den Arm bewegen?" Alex war besorgt.

Schluchzend schüttelte Hannah ihren Kopf.

„Okay, das muss geröntgt werden. Wir fahren sofort in die Stadtklinik. Heute ist Sonntag, da bleibt uns keine Wahl."

Miriam nahm mit der Kleinen auf den Rücksitzen Platz und versuchte, sie zu beruhigen.

Mit tränenüberströmtem Gesicht fragte das Mädchen: „Alex, gehst du wirklich weg von hier?"

„Das ist doch ganz lange hin. Bis dahin haben wir noch so viel Zeit. Mach dir jetzt mal keine Gedanken darüber."

„Bis Februar ist es gar nicht mehr lange! Aber weißt du was?! Ich wachse ganz schnell und dann komme ich nach!"

„Ganz bestimmt tust du das."

Im Krankenhaus stellte sich heraus, dass der Arm tatsächlich gebrochen war. Das Mädel war wohl unglücklich damit auf der Tischplatte aufgekommen. Hannah bekam einen schönen Gips und zeigte ihn zu Hause stolz ihrem Vater, dem Opa und Oma Frieda.

„Nach den Ferien lasse ich alle Schul-
freunde ihren Namen drauf schreiben.
Aber du musst zuerst, Alex!"

17

„Rike, ich weiß wirklich nicht, wie oder besser wo ich die Theatergruppe noch unterbringen soll. Dienstagnachmittag? Morgens ist schon die Maltherapie. Da hat aus meiner Gruppe sicher keiner mehr Lust. Montags und donnerstags probt die Band, mittwochs haben viele Turnen oder Schwimmen …"

„Freitags bist du im Café", ergänzte Ulrike. „Ich habe übrigens Dienstagnachmittag immer Sitztanz, deshalb habe ich mir auch deinen Zeichenkurs erspart, zumal ich da nicht so talentiert bin."

„Um Talent geht es ja gar nicht so sehr, es soll in erster Linie Spaß machen. Wenn du so willst, habe ich bei euch in der Musikgruppe mit meiner Stimme auch nichts zu suchen."

„Na, das macht doch aber richtig Spaß! Gibs zu!"

Beide kicherten vergnügt in Erinnerung an all die Pleiten und Pannen im Laufe der Monate.

„Vielleicht donnerstags, gleich nach dem Frühstück?"

„Die Theatergruppe? Also solange das Wetter so schön ist, machen morgens viele ihren Spaziergang. Dazu kommt dann noch das Herbstbasteln von der Heimleitung, sobald die ersten Kastanien fallen. Aber vielleicht, wenn es kälter wird."

„Wir könnten einen Blitzkurs im November und Dezember machen und ein Stück für Weihnachten einstudieren."

„Weihnachten sind viele bei ihren Familien", erinnerte ihre Freundin.

„Ach so, ja, also dann eben für den 27. Dezember. Da habe ich nämlich Geburtstag."

„Na, das ist doch mal eine Idee! Wir machen etwas Einfaches und haben zudem noch genug Zeit zum Proben. Anfang Dezember startet übrigens auch wieder das Weihnachtsbasteln."

„Wir kriegen das schon irgendwie gebacken."

„Da bin ich sicher. Seitdem du hier bist artet das schon fast in Stress aus", lachte Ulrike.

„Was macht übrigens Hannah. Ist der Bruch inzwischen verheilt?"

„Der geht es gut. Da es der linke Arm ist, war sie nicht zu arg beeinträchtigt. Sie hat tüchtig mit dem Gipsarm angegeben in der Schule und jede Menge Namen und Zeichnungen darauf verewigen lassen. Nächste Woche kommt das Zeug aber runter, sie will es natürlich aufheben."

„Sag mal, du und Kurt ...?

„Er ist da nicht der Schnellste. Aber neulich hat er gesagt, es wäre schön, wenn er morgens mit mir zusammen die Hühner füttern könnte."

„Hatte im Café gar nicht den Eindruck, dass er nicht der Schnellste ist. Ist das nun eine Art Heiratsantrag?"

„Schon möglich. Mal sehen, was da noch kommt. Er hat ja eine kleine separate Wohnung im Anbau, aber eigentlich spielt sich alles im Haus oder Garten ab. Nicht, dass ich ein Problem damit hätte", lachte Frieda.

„Und du bist dir sicher, dass du ...? Ich meine, du bist mit Abstand die attraktivste Frau hier im Heim."

„Danke für die Blumen. Nein, ich bleibe meinem Sergej treu. Weißt du, er gehörte damals auch zur Schauspieltruppe. Aber irgendwie kamen wir nie so recht auf einen grünen Zweig. Zum Schluss waren wir nur noch zu zweit, und irgendwann landete er als Gelegenheitsclown - und ich half in einer Eisdiele aus. Sein Krebs kam nicht von ungefähr, alles hat schließlich seine Ursachen." Tröstend legte Frieda ihrer Freundin den Arm um die Schulter. Die lächelte schon wieder. „Aber das sind olle Kamellen. Und vielleicht sollte ich im Theaterstück ihm zu Ehren nochmal so richtig aufdrehen!"

18

Strahlend stand Hannah im Zimmer und sah sich um.

„Du hast es aber schön hier, Oma Frieda!"

„Meinst du?"

„Ja, so viele tolle Sachen!" Eingehend wurden die Masken bewundert und natürlich auch der Papagei.

„Du musst vorsichtig und langsam auf ihn zugehen, sonst hackt er dich, und das kann ganz schön weh tun!"

Das Mädel pirschte sich lautlos heran – und siehe da, Lora krabbelte auf ihrem Arm hoch bis zur Schulter, wo sie sich zufrieden niederließ.

„Mich mögen eben alle Tiere", erklärte Hannah.

„Na, ihr habt ja auch recht viele davon auf dem Hof. Und Tiere spüren es, ob man ihnen furchtlos entgegen geht oder gar Böses im Schilde führt."

„Schau mal, der Gips ist ab, und ich kann den Arm wieder ganz normal bewegen! Ich hätte gern ein kleines Schweinchen, aber Mutter sagt, damit fangen wir nicht auch noch an. Ihr reichen die Ziegen und Hühner vollkommen."

„Ja, das kann ich mir vorstellen", lachte Frieda.

„Und bald wird ja auch das Ziegenbaby geboren."

„Ja, das Zicklein! Oma Frieda, darf ich mal auf dem komischen langen Ding da blasen?"

„Das ist ein Didgeridoo. Nur zu, wenn du glaubst, dass du da auch nur einen Ton rausbekommst!"

Frieda amüsierte sich köstlich.

Sie half ein wenig, denn mit dem Ara auf der Schulter war das ein richtiges Kunststück für das kleine Mädchen, die Balance zu halten.

„Uff, mir fehlt die Puste! Ist das schwer", japste Hannah dann auch und verlor prompt das Gleichgewicht. Verdutzt landete sie auf dem Hintern, und Lora rannte zeternd auf ihren kurzen Beinen davon.

„Woher hast du dieses Dide ... Dinge ... Dingsda?"

„Das Didgeridoo. Aus Australien. Dort leben die Aborigines, die Ureinwohner. Ich habe mal in einem Buch gelesen, dass sie sogar noch Telepathie beherrschen."

„Was ist das?"

„Also das funktioniert wie telefonieren, nur ohne Telefon. Praktisch durch Gedankenübertragung. Früher einmal sollen alle Menschen das gekonnt haben, aber im Laufe der Zeit ist den meisten diese Fähigkeit abhandengekommen."

Hannah nickte wissend.

„Ich mache das manchmal mit Myrthe."

„Wirklich?"

„Ja, ich rufe sie in Gedanken, und meistens kommt sie dann auch." Hannah runzelte die Stirn. „Vielleicht müssen wir noch ein bisschen üben."

„Die Aborigines stellen übrigens vieles noch in reiner Handarbeit her, vor allem für die Touristen. Die Stücke aus Holz, Papier oder Rinde werden dann mit Punktmotiven bemalt und sind einzigartige Kunststücke. Man nennt das Dot-Painting. Sicherlich hast du schon einmal von einem Boomerang gehört."

Die Kleine nickte. „Oh ja, man schleudert ihn weit von sich weg, und wenn er sein

Ziel nicht trifft kommt er in einem Bogen zurück. Hast du so einen?"

Auch dieses gute, in Punkttechnik mit verschiedenen Symbolen sowie einem hüpfenden Känguru versehene Stück wurde ausgiebig bewundert.

„Soll ich mal werfen?"

„Nein, bloß nicht! Das funktioniert nur im Freien! Schau mal, diese Buschtrommel hier ist aus Kenia", lenkte Frieda ab.

Nun wurde erst einmal ausgiebig getrommelt.

„Wenn ich groß bin, will ich mir auch all die fernen Länder ansehen! Dann kaufe ich lauter Buschtrommeln und Didscheris und ganz viele Boomerangs!"

„Bis dahin dauert es aber noch etwas. Was meinst du, sollen wir inzwischen ein Eis essen gehen?"

„Au ja!"

Alex hatte das Kind vorbeigebracht und wollte es gegen 17 Uhr wieder abholen. Da blieben noch gut anderthalb Stunden Zeit.

„Weißt du, Oma Frieda, ich habe am Sonntag solange gebettelt bis Alex mir versprochen hat, mich abzuholen und zu dir zu bringen. Er hat gesagt, du hast immer wenig Zeit. "

Ein vorwurfsvoller Blick ruhte kurz auf ihr.

„Aber nun hat es ja geklappt! Dann können wir jetzt zur Eisdiele!"

19

Herbstbasteln war angesagt, und Frieda langweilte sich zu Tode.

„Blätter auf Papier kleben und Kastanien auf Zahnstocher spießen, das ist doch Kindergartenniveau", mokierte sie sich laut.

„Pssst", mahnte Irmgard. „Frau Krummnickel schaut schon ganz ungehalten rüber."

„Ungehalten ist sie? Soll ich die Eule etwa auch noch festhalten?", witzelte Frieda. Den Spitznamen hatte die unfreundliche Heimleiterin weg.

„Schau mal, ein Igel", verkündete Rainer stolz.

„Das ist eher ein Wildschwein, die Beine sind viel zu lang!"

Oma Frieda gab ein lautes Grunzen von sich.

„Frau Pirelli, wenn Ihnen die Bastelstunde keine Freude macht - Sie müssen nicht daran teilnehmen."

Strenge Augen blickten durch dicke Brillengläser. Oha, die Leiterin stand direkt hinter ihr. Welch eine Spaßbremse!

„Na, Sie müssen doch zugeben, dass das hier Babykram ist!"

„Nicht jeder ist künstlerisch so begabt wie Sie. Und manch einer findet vielleicht Gefallen daran."

„Findet ihr etwa Gefallen daran?", fragte Frieda laut.

Schweigen.

„Sehen Sie!"

„Ja, was würden Sie denn vorschlagen, Frau Pirelli? Aber bitte nichts zu Kompliziertes!"

„Jede Menge Ideen habe ich da! Windräder, Drachen, Laternen oder Mobiles! Wie wäre es mit einer Abstimmung?"

„Laternen sind eine hübsche Idee. Natürlich ohne echte Kerzen. Windräder wären auch schön."

Die Eule nickte.

„Drachen!", rief Herbert begeistert.

„Also: Wer ist für Mobiles?"

Die Laternen gewannen letztendlich das Rennen knapp gegen die Drachen mit neun erhobenen Fingern.

„Gut, ich besorge das Material, und nächstes Mal fangen wir an!", verkündete Frau Krummnickel.

Am kommenden Samstag lagen auf jedem Platz weiße Pappe, farbiges Tonpapier, Transparentpapier, Filzstückchen, Klebstoff, Schere, Stifte, Draht, Band, ein langer Stock und bunte Aufkleber bereit.

Alle waren mit Feuereifer dabei. Wer nicht so gut klar kam, ließ sich von Frieda oder der Leiterin helfen.

„Meine Scheibe ist ein Ei geworden!"

„Das Papier klebt nicht an der Pappe!"

„Wie soll das denn halten? Die obere Scheibe sackt immer runter, weil das Transparentpapier zu dünn ist."

„Ich bekomme den Kleber nicht mehr von den Fingern ab!"

Frieda war überall gleichzeitig.

„Du musst die runde Form hier als Schablone nehmen und die Scheiben vorzeichnen, Erika."

„Helmut, hier hast du Pappe, um die Wände zu verstärken."

Richtige kleine Kunstwerke konnte man an manchen Tischen bewundern. Nicht jedem gelang das Werk gleich gut, doch am Ende der Stunde stand auf jedem Platz eine kleine Laterne, mehr oder weniger formschön.

„Ich verteile jetzt die batteriebetriebenen Teelichte. Die befestigen Sie bitte auf den Böden der Laternen. Und wenn es so trocken und windstill bleibt, dann können wir nach dem Abendbrot schon mal einen kleinen Laternenumzug machen."

„Ein Fackelzug wäre auch schön", warf Ulrike ein.

Die Eule zog die Vorhänge vor, und es wurde düster im Raum.

„So, nun schalten Sie bitte mal die Teelichte ein."

Jetzt kamen die guten Stücke erst richtig zur Geltung. Wie Lampions leuchteten sie in allen Farben: rot und grün, blau und gelb, orange, rosa und violett. Jetzt mussten nur noch die Stöcke am Draht der Laternen befestigt werden.

Nach dem Abendessen klopfte es bei Frieda an der Tür.

„Moment, gleich!"

Dann endlich ertönte das ersehnte: „Herein!"

Ilse trat in den Raum.

„Oh, das ist aber wirklich eine schöne Laterne. Die ist ja zur Mitte hin breiter – und so leuchtende gelb - orange Farbtöne. Nein! Ganz entzückend diese eingearbeitete Sonne!"

„Ja, ich habe ja auch ein echtes Teelicht hineingeklebt. Nicht so ein ödes mit Batterie, das keine Stimmung aufkommen lässt. Es geht doch nichts über echten Kerzenduft, oder! Wo ist denn deine Laterne?"

„Moment, ich hole sie."

Nach kurzer Zeit kam die Nachbarin zurück, an dem Stock baumelte ein etwas unförmiges Ding in dunkelrot und dunkelblau.

„Na, so eine Funzel. Bei den düsteren Farben geht ein unechtes Teelicht ja gar nicht! Du hättest gelbe Sterne einarbeiten müssen. Wie ist mir das nur entgangen ..."

„Ich dachte, ich hätte sie ganz gut hinbekommen, deshalb habe ich nicht um Hilfe gebeten", lautete die unsichere Antwort.

„Macht nix, warte, ich habe hier noch ein Teelicht."

„Ja, dürfen wir das denn einfach so?"

„Papperlapapp! Das merkt gar keiner!"

Gegen 20 Uhr sollte es losgehen. Mit bereits leuchtenden Laternen versammelten

sich die Senioren unten in der Eingangs-
halle. Frau Krummnickel führte den Zug
höchst persönlich an.

„Also, wir gehen jetzt zum Fluss hinunter
und dann ein Stück am Ufer entlang. Dort
ist es nicht so stark beleuchtet, und die
Promenade ist eben, man kann angenehm
spazieren."

Ulrike, Ilse und Frieda bildeten das
Schlusslicht.

„Das flackert ja so. Ihr habt doch nicht
etwa echte Kerzen da drin?", fragte Ulrike
misstrauisch.

„Pssst, doch, haben wir. Diese anderen
Dinger sind doch matt und langweilig."

Das Wetter hatte sich leidlich gehalten,
ein sternklarer Himmel, aber kalt war es.

Ilse fröstelte und zog den Kragen hoch,
zumal jetzt hier auf der Brücke, die über
den Fluss führte, ein leichter Wind aufkam.
Ihre Laterne schwankte bedrohlich - und
dann geschah es!

Eine helle Flamme, ein Knistern - oh weh!
Die Laterne hatte Feuer gefangen. Und
genau in dem Moment drehte die Eule sich
um.

Ulrike reagierte blitzschnell, entriss der zur Säule erstarrten Ilse die inzwischen lichterloh brennende Laterne und warf sie beherzt in den Fluss.

Frau Krummnickel kam auf sie zugelaufen.

„Also, das ist doch!", schrie sie wutentbrannt.

Frieda hatte geistesgegenwärtig ihre Laterne ausgepustet.

„Das hat ein Nachspiel, darauf können Sie sich verlassen! Und wie immer Frau Pirelli mit von der Partie!"

„Das ist ungerecht", protestierte die. „Meine Laterne ist nicht in Flammen aufgegangen!"

„Dann zeigen Sie die doch mal her. Aha! Ich muss wohl nicht erst fragen, auf wessen Mist diese Idee gewachsen ist! Sie haben sich beschwert, dass die Bastelstunde Babykram sei, dabei benehmen Sie sich selber wie ein Kleinkind! Sie hätten alle beide ernsthaft zu Schaden kommen können!"

Neugierig bildeten die anderen inzwischen einen Kreis um die Beschimpften.

„Und, bekommen wir jetzt Stubenarrest?" Das war Frieda.

„Ich werde Sie von nun an ganz genau im Auge behalten. Und ihre Angehörigen muss ich auch benachrichtigen! Und jetzt Abmarsch Richtung Heim. Mir langt es!" Keifend zog die Leiterin ab.

„Das mit dem Angehörige benachrichtigen stößt mir sauer auf", brummte die Gescholtene.

„Also wirklich, Frieda, das ist alles, was du dazu zu sagen hast?!"

Kopfschüttelnd zog Ulrike die arme Ilse, die noch immer keinen Ton herausgebracht hatte, mit sich fort. Erstmals konnte sie keinerlei Verständnis für ihre leichtsinnige Freundin aufbringen.

20

Es kam, wie es kommen musste: Der Antrag auf die Theatergruppe wurde abgelehnt.

„Das habe ich der Eule zu verdanken", murrte Frieda.

„Eigentlich eher dir selbst", warf Ulrike trocken ein.

Iris erschien und machte ihre Mutter so richtig frisch. Natürlich hatte Frau Krummnickel sie sofort benachrichtigt.

„Nicht mal das Seniorenheim ist vor deinen Brandanschlägen sicher", wetterte sie. „Am besten ist es, du ziehst zu mir ins Haus!"

Oma Frieda musste sich setzen, so perplex war sie. Nicht etwa wegen der ‚Brandanschläge', nein! Ihre Tochter wollte sie jetzt zu sich nehmen, das war ja echt nicht zu glauben.

„Es geschehen Zeichen und Wunder, da wirste platt wie ne Flunder", murmelte sie vor sich hin.

Laut sagte sie: „Ich glaube nicht, dass das eine gute Idee ist. Lieber miete ich mich auf einem Kreuzfahrtschiff ein."

„Du meinst wohl, das kannst du nicht so schnell abfackeln!", giftete Iris.

Alex klärte die Situation später auf, indem er seiner Großmutter reinen Wein einschenkte.

„Papa ist ausgezogen, zu seiner neuen Flamme, die ist kaum älter als ich."

Diesen Samstag sollte der letzte Auftritt des Jahres stattfinden. Die Band hatte ausreichend geübt, aber inzwischen lief ohnehin alles wie am Schnürchen.

Frieda ließ ihre Augen über die Zuschauerreihen gleiten. Aha, da saß Alex und direkt neben ihm mit erwartungsvollem Gesicht Hannah. Auch Kurt, Miriam und Tobias waren anwesend. Und dort hinten, oh Schreck, oh Graus: die Eule auf ihrem Beobachtungsposten!

Ulrike stieß ihre Freundin an.

„Ich weiß", raunte die.

„Dann reiß dich bloß zusammen!"

Es war wohl ein Glück für Frau Krummnickel, dass nicht Frieda die Ansprache hielt sondern Ulrike, sonst wäre dieselbe weitaus weniger charmant ausgefallen.

So aber bedankte sich die Bandleiterin bei der Heimleitung und erklärte, dass sie hofften, auch im nächsten Jahr wieder Konzerte geben zu dürfen.

Es wurde ein erfolgreicher Abend, ein würdiger Abschluss der Saison sozusagen, auch wenn einmal kurz das Mikrofon aussetzte.

Plötzlich wurde es stockfinster im Saal, und eine Dame schrie irgendwo: „Stromausfall!"

„Alles sitzenbleiben!" Das war die Stimme der Eule.

Doch schon gingen wie zuvor abgesprochen überall die selbstgebastelten Laternen an, während sanfte Klaviertöne erklangen. Die Geige schluchzte.

Und Irmgard stimmte ein: „Time to say Goodbye ..."

Zeit, Auf Wiedersehen zu sagen.

Orte, die ich nie mit dir gesehen und besucht habe,

nun werde ich dort leben,

mit dir werde ich reisen auf Schiffen über Meere.

Ich weiß ...

ich existiere nicht mehr.

Es ist Zeit, Auf Wiedersehen zu sagen ...

Verstohlen wischte sich der eine oder andere ein paar Tränen aus den Augen. Oma Frieda dachte daran, dass Alex nun bald fort sein würde, und ihr wurde weh ums Herz.

Aber es war irgendwie auch wundervoll, so romantisch und melancholisch.

Diesmal blieb der Applaus aus. Die alten Leutchen saßen wie die zahlreichen Gäste in gedankenvollem Schweigen versunken und ließen das Lied in ihren Seelen nachklingen. Sogar Frau Krummnickel war gerührt und seltsam milde gestimmt.

„Ich wünsche Ihnen alles Gute für Ihre Ausstellung morgen Nachmittag, Frau Pirelli", sagte sie beim Rausgehen und nickte freundlich.

Für die Ausstellung hatte Frieda die gelungensten Bilder ausgesucht, aber auch darauf geachtet, dass von jedem etwas dabei war. So schmückte eine interessante Mischung die sonst recht kargen Wände. Eine Gemeinschaftsarbeit prangte auf Friedas Staffelei - ein etwas abstraktes Landschaftsbild mit verschieden Farbspritzern als Blumenwiese, darüber ein blauer Himmel.

Zuletzt hatte sie das Thema Glück als Aufgabe gegeben. Was bedeutete Glück für die anderen? In welcher Form drückten sie es aus? Da gab es mehrere Kleeblätter, einen bunten Fisch, eine knallgelbe Sonne, Erika hatte das ganze Zeichenblatt einfach grün getuscht, Herbert dagegen ein knallrotes Auto gemalt und Frieda einen sehr lebendig wirkenden chinesischen Drachen.

Diese letzten Bilder wurden ausnahmslos alle ausgestellt.

Und die Besucher kamen dank guter Werbung und Mundpropaganda von überall her, nicht etwa nur aus der Nachbarschaft. Sogar die Presse war vor Ort. Da tat sich nämlich endlich mal was im Seniorenheim! Das war eine kleine Sensation und hoffentlich ein Ansporn für andere Einrichtungen dieser Art.

Am nächsten Tag erschien dann auch ein sehr positiver Artikel im Regionalteil der Zeitung, und die Eule war endgültig versöhnt.

So sollte Frieda mit der Kunsttherapie weitermachen. Das Thema Theateraufführung war allerdings vom Tisch.

„Macht nichts, Oma Frieda", tröstete Hannah, die ein Auge auf den orange-grünen Drachen geworfen hatte. „Ich hab da schon eine Idee! Schenkst du mir das Drachenbild, wenn sie dir gefällt?"

„Natürlich, du Naseweis! Aber sag mal, was hast du denn vor?"

„Warte nur ab, ich verrate nichts! Sonst ist es doch auch gar keine Überraschung mehr!"

21

Weihnachten ging vorüber, die meisten Heimbewohner wurden über die Feiertage von Verwandten abgeholt. Oma Frieda verbrachte das Fest bei Kurt. Ulrike war am ersten Weihnachtstag bei ihrer Nichte eingeladen, und so saßen nur wenige Senioren in der Halle unter dem geschmückten Tannenbaum und packten ihre Geschenke aus. Wer keine Verwandten hatte, bekam wie in jedem Jahr ein kleines Päckchen mit allerlei Nützlichem wie Duschgel, Rasierwasser oder Parfüm von der Heimleitung. Dazu gab es für alle Stollen und selbstgebackene Kekse. Aber wie gesagt, da war Oma Frieda schon nicht mehr dabei.

Stattdessen verbrachte sie einige vergnügte Tage im Kreise ihrer Wahlfamilie.

Freudestrahlend packte die inzwischen reich beschenkte Hannah das flache Paket aus.

„Oma Frieda! Das Drachenbild!"

Jubelnd fiel die Kleine der alten Dame um den Hals.

„Aber du kennst doch meine Überraschung noch gar nicht!"

Frieda bekam einen wunderschönen hellblauen Schal aus Schafwolle und dazu passende Handschuhe. Hannah hatte einen kleinen Engel aus Ton für sie geformt, und Kurt legte ihr eine kupferne Kette mit einer bunten Feder als Anhänger um den Hals.

„Die soll dich an deine wilden Zeiten erinnern!", lachte er. „Wie wäre es mit einer Spritztour ins Hühnergehege?"

Frieda hatte für alle Mitglieder ihrer Gastfamilie kleine Portraits in Kohle angefertigt.

„Ein unbedeutender Ausgleich für eure liebe Freundschaft", wehrte sie ab.

„Die sind wunderschön!"

„Oma Frieda, du hast Myrthe vergessen!", rief Hannah.

„Oh, das hole ich nach! Versprochen!"

„Ja, ein Portrait zusammen mit dem Ziegenbaby!"

Bald darauf sprachen sie dem Essen tüchtig zu. Es gab ganz traditionell Kartoffelsalat und Würstchen.

Am nächsten Tag saßen alle um den festlich gedeckten Tisch mit Rotkohl und Geflügel.

„Welches Huhn musste denn dran glauben?", raunte Frieda Kurt zu.

„Oma Frieda, das ist doch eine Gans!", sagte Hannah, die über ausgezeichnete Ohren verfügte - insbesondere dann, wenn sie etwas nicht hören sollte.

„Ich möchte jetzt Schnee, damit ich den neuen Schlitten ausprobieren kann!"

Aber bekanntlich schneit es ja genau zu Weihnachten nicht, und so wurde das Kind auf später vertröstet.

Der ersehnte Schnee fiel am 27. Dezember, genau zu Oma Friedas Geburtstag.

„Das reinste Schneechaos", schmunzelte Alex, der mit dem Auto gerade noch so durchgekommen war.

Er war früh dran - Frieda, Kurt und Hannah schliefen noch, während Miriam den Tisch in der gemütlichen Wohnküche deckte.

„Ich dachte, besser jetzt als nie, falls das Wetter noch schlimmer wird!"

„Es ist schön, dass du mit uns frühstückst, Alex. Hannah wird vor Freude außer sich sein - das heißt, falls sie heute noch mal aus den Federn kommt."

Eine Stunde später saßen alle vereint um den reichlich gedeckten Frühstückstisch.

„Ei, für wen sind denn die schönen Blumen?", neckte Alex.

„Ja, weißt du denn nicht, dass Oma Frieda heute Geburtstag hat?!"

Entrüstete Blicke aus blauen Augen trafen den jungen Mann.

Der lachte. „Reingefallen! So, bevor wir zum Geburtstag übergehen, habe ich hier noch etwas für dich, junge Lady!"

Neugierig nahm Hannah das kleine Kästchen in Empfang.

„Oh, Alex! Eine Kette mit einer Ziege als Anhänger! Danke!"

Er ließ eine heftige Umarmung und ein paar feuchte Küsschen über sich ergehen.

„War gar nicht so einfach für den Weihnachtsmann, um diese Jahreszeit eine Ziege zu finden!"

Lautes Gelächter.

„Warte mal, ich habe auch noch was für dich!"

Kurz darauf band sie ihm ein geflochtenes zweifarbiges Lederband ums Handgelenk.

„Ein Freundschaftsband, ich habe es ganz alleine gemacht", sagte sie stolz.

„Das ist wunderschön, ich werde es immer tragen!"

„Frieda, wir wussten nicht so recht, womit wir dir eine Freude machen können. Also haben wir mit Alexander beraten und alle zusammengelegt."

Feierlich überreichte Tobias ihr einen Umschlag.

„Oh, ein Gutschein für eine Schifffahrt auf dem Rhein mit anschließendem Wellnesswochenende! Wie schön! Aber für zwei Personen?"

„Du wirst schon eine Begleitung finden", schmunzelte Miriam.

„Mich!", schrie Hannah begeistert.

„Ich habe auch noch ein Geschenk für dich!"

Ungestüm sprang sie vom Tisch auf und riss dabei das Milchkännchen um. Eine weiße Flut ergoss sich über Omas **dunkelblauen** Rock.

„Hannah", rügte Miriam und fummelte mit einer Serviette rum.

Lachend wehrte Frieda ab. „Nicht so schlimm. Flecken verfolgten mich mein

Leben lang, und warum sollte es im neuen Jahr anders sein!"

„Wie alt bist du denn geworden?"

„77!"

„Mit 77 Jahren, da fängt das Leben an, mit 77 Jahren, da hat man Spaß daran!", sang Kurt leicht abgewandelt mit voller Stimme.

Hannah kam mit einem kleinen Stubenwagen, in dem sonst ihr Teddy lag.

„Meint ihr, Alex passt da rein?"

„Ich, niemals!", entrüstete sich Alexander.

„Moment noch!" Das Kind verschwand kichernd samt Wagen. Geraume Zeit später kehrte sie zurück, einen spitzen Hexenhut auf dem Kopf und ...“

„Mein bestes Kleid!", entsetzte sich ihre Mutter.

Das gute Stück war mit Hilfe eines Seidentuchs um die Hüfte gebunden und schleifte hinter Hannah, die den Stubenwagen durch die Küche schob, her.

„Meine Damen und Herren, dreimal schwarzer Kater! Oma Frieda, hier kommt dein Geburtstagsgeschenk! AbraKadabra.“

Vorsichtig lüftete sie die Decke - und ein leises Mäh ertönte. Entgeistert sahen die Zuschauer auf das kleine Ziegenböckchen, das vorwitzig seinen Kopf aus dem Wagen streckte.

„Darf ich vorstellen: Alex!"

„Ich bekomme eine Ziege zum Geburtstag?"

Friedas Bauch begann zu wackeln, ihr Gesicht verzog sich - und dann platzte sie fast vor Lachen. Die anderen stimmten fröhlich ein.

„Nein, nein, der andere Alex geht doch schon weg! Diesen behalte ich, aber du kannst ihn immer besuchen kommen. Hat dir meine Überraschung gefallen?"

„Ja, sehr", brachte Oma Frieda heraus und wischte sich die Lachtränen aus dem Gesicht.

„Ich habe alles auf Video", sagte Tobias vergnügt und hieb sich auf die Schenkel. Welch eine Gaudi!

„Gut so! Ich muss mich nämlich wieder umziehen und das Böckchen zurück in den Stall bugsieren", erklärte das Kind. „Paul und ich wollen meinen neuen Schlitten ausprobieren, jetzt, da endlich Schnee liegt!"

„Wer ist Paul?", fragte Alex irritiert.

Miriam grinste. „Hannahs neuer Schwarm. neun Jahre jung, rothaarig mit vielen Sommersprossen im Gesicht und noch mehr Flausen im Kopf. Er wohnt gleich nebenan."

„Und ich habe auch noch etwas für dich", raunte Kurt Frieda zu. „Wenn du ausgelacht hast, folge mir bitte unauffällig vor die Tür."

Draußen zog er ein kleines Schächtelchen hervor.

Vorsichtig klappte er es auf.

„Nur ein einfacher Verlobungs- oder Freundschaftsring", sagte er unsicher. „Die Entscheidung liegt bei dir. Aber es würde mich freuen, wenn wir das weitere Stück unseres Weges gemeinsam gingen."

Zitterte er vor Kälte oder war es die innere Anspannung?

Sanft schwebten dicke Flocken zu Boden und tauchten die Landschaft in ein zauberhaftes Weiß. Der Sturm hatte sich gelegt, und auch Frieda wurde ganz ruhig.

Sie schaute lange sinnend in die Ferne, und dann richtete sie ihren Blick auf den Silberring mit dem kleinen blauen Stein.

„Es wäre mir eine Ehre, meinen Weg noch recht lange mit dir zu gehen, Kurt Meier."

Hand in Hand standen sie da, sahen nicht, wie Hannah mit dem Schlitten aus dem Schuppen kam und auch nicht den kleinen Jungen mit der dunkelgrünen Bommelmütze, der schon ungeduldig am Tor auf seine Spielgefährtin wartete. Es war einer jener seltenen Momente, in denen der Augenblick zur Ewigkeit wird. Oder war es umgekehrt?

Und der Schnee rieselte weiter und bedeckte alles, was unvollkommen oder hässlich war, mit einer Decke, die aussah wie Zuckerwatte.

„Lass uns reingehen und vom Fenster aus zusehen, wie die Kinder den Hügel hinabfahren", sagte Frieda. Kurt nickte und streifte ihr den Ring über den Finger.

„Drinnen warten der Kamin und vielleicht ein Gläschen Glühwein ..."

„Oder auch zwei", lachte Frieda. „Und liebe Menschen, denen wir eine frohe Botschaft zu verkünden haben."

Sechs Monate später

„Frieda, kommst du bitte mal? Ich finde meine Badehose nicht! Und ohne die kann ich doch nicht fliegen!"
Die Frau in dem bunten Sommerkleid drehte sich um.
„Kurt, die liegt in der zweiten Schublade links. Warte, ich mache das schon!"
Dann wandte sie sich wieder der großen Voliere zu, in der ein farbenprächtiger Ara und ein kleinerer Graupapagei einträchtig nebeneinander auf einem Ast saßen.
„Lora und Pedro, ich vermisse euch jetzt schon! Aber Tobias wird euch gut verpflegen, und vier Wochen sind schnell vorbei."
„Ooomaaa Friiiiedaa", schrie der bunte Papagei ausgelassen. Pedro legte den Kopf schief und wechselte von einem Bein auf das andere.
„Oma Frieda!", ertönte prompt ein Echo von weit her.
„Also, ich muss eilen! Benehmt euch, macht mir keine Schande!"

Leichtfüßig verließ Frieda das Tropenhaus mit den Orchideen, Strelitzien und Bananenbäumen. Schon bald würde sie noch weitaus prächtigere Exemplare zu sehen bekommen.

„Wo bleibst du denn? Gleich kommt das Taxi. Wir verpassen bestimmt den Flieger!"

Hannah zappelte vor Aufregung auf dem Flur hin und her.

„Ich habe noch genau dreizehn Minuten!", entgegnete Frieda mit einem schnellen Blick auf die Uhr und eilte ins Schlafzimmer. Dort hatte Kurt den gesamten Inhalt der Schublade auf dem Boden verteilt und suchte verzweifelt.

„Da ist sie doch!"

Mit einem Griff schnappte sie die Badehose, die schon wartend auf dem Stuhl lag, stopfte sie in den Koffer und zog den Reißverschluss zu.

„So!"

Dann lief sie hinüber ins Bad, band das noch immer kräftige graue Haar zu einem Pferdeschwanz und betrachtete sich dabei aufmerksam im Spiegel. Sie war stolz auf jede einzelne Falte, die ihr das Leben ins

Gesicht graviert hatte und stand bedingungslos zu ihrem Alter. Vor zwei Tagen weilten sie und Kurt noch vor dem Traualtar, doch nun war es endlich so weit: Heute ging es in die Flitterwochen nach Brasilien. Hannah durfte mit und freute sich mindestens so sehr wie sie selbst auf ein Wiedersehen mit Alex. Noch dazu flog das Kind zum ersten Mal - und dann gleich über den großen Teich.

Vier Wochen Tropen lagen vor ihnen, die Copacabana, der Amazonas ...

„Frieda!"

Draußen hupte das Taxi.

„Ich komme!"

Die Koffer waren schon verstaut. Eine letzte Umarmung und dann ...

„Guten Flug und gebt Bescheid, wenn ihr angekommen seid!"

Miriam und Tobias winkten noch, als das Taxi schon längst um die Ecke gebogen war.

Hannah lehnte sich mit glänzenden Augen in ihren Sitz zurück.

„Puh, das hätten wir! Brasilien, wir kommen!"

Bestimmt wartete dort ein ganz tolles Abenteuer auf sie! Mit Oma Frieda an ihrer Seite konnte das ja gar nicht anders sein.

Die Autorin

Christine Erdiç wurde 1961 in Deutschland geboren. Sie interessierte sich von frühester Kindheit an für Literatur und Malerei. Schon damals verfasste sie oft kleine Geschichten und Gedichte, die sie jedoch nie veröffentlichte. Nach dem Abitur war sie in unterschiedlichen Bereichen tätig und reiste viel. Seit 1986 ist sie verheiratet, hat zwei Töchter und lebt seit dem Millennium in der Türkei. Unter anderem gab sie Sprachtraining an der Universität von Izmir, machte Übersetzungen und verfasste Berichte für die Türkische Allgemeine, eine ehemalige Zeitschrift in deutscher Sprache, und gibt private Deutschstunden.

Infos unter:

Meine Bücher- und Koboldecke
https://christineerdic.jimdofree.com/
Reisetipps und Literatur
https://literatur-reisetipps.blogspot.com/

Ein besonderer Dank gilt meinen lieben Autorenfreundinnen Heidi Dahlsen und Britta Kummer, die mir stets mit Rat und Tat zur Seite stehen. Auf ihren Webseiten finden Sie interessanten Lesestoff.

https://autorin-heidi-
dahlsen.jimdofree.com/

https://brittasbuecher.jimdofree.com/